dtv

Mit diesem Lesebuch kann sich jeder bequem die schönste Jahreszeit nach Hause holen und einen literarischen Ausflug in den Sommer unternehmen. In sechs Kapiteln rund um Sonne, Meer, Strand und Berge lassen sich die ersehnten heißen Tage jederzeit genießen. Der Herausgeber Günter Stolzenberger hat die schönsten Prosatexte und Gedichte berühmter Schriftsteller zusammengetragen. Ob als vergnügliche Lektüre für laue Abende auf dem heimischen Balkon, ob als Begleiter für den Strandurlaub oder für die Liegewiese im Schwimmbad – mit diesem Buch fängt der Sommer garantiert sofort an.

Günter Stolzenberger ist freier Publizist und lebt in Frankfurt am Main. Bei dtv erschienen bereits einige seiner erfolgreichen Anthologien, darunter ›Kurt Tucholsky: Dürfen darf man alles‹ (13431 und 14011), ›Wilhelm Busch: Und überhaupt und sowieso‹ (13624), ›Joachim Ringelnatz: Zupf dir ein Wölkchen‹ (13822) und ›Das Frühlingslesebuch‹ (14089).

DAS SOMMER LESEBUCH

Herausgegeben
von Günter Stolzenberger

Deutscher Taschenbuch Verlag

Vom Herausgeber Günter Stolzenberger
sind im Deutschen Taschenbuch Verlag erschienen:
Tucholsky. Dürfen darf man alles –
Lebensweisheiten (13431 und 14011)
Busch. Und überhaupt und sowieso –
Reimweisheiten (13624)
Ringelnatz. Zupf dir ein Wölkchen –
Gedichte (13822)
Die Kunst des Wanderns (13867)
Weihnachtswahn und Weihnachtswonnen (13925)
Das Frühlingslesebuch (14089)

Originalausgabe 2012
Deutscher Taschenbuch Verlag GmbH & Co. KG,
München

Umschlagkonzept: Balk & Brumshagen
Umschlaggestaltung: Ruth Botzenhardt
Gesetzt aus der Bembo 10/12,25˙
Satz: Greiner & Reichel, Köln
Druck und Bindung: Druckerei C.H. Beck, Nördlingen
Gedruckt auf säurefreiem, chlorfrei gebleichtem Papier
Printed in Germany · ISBN 978-3-423-14119-2

Inhalt

Aus dem Bilderbuch des Sommers
7

Der Sommer geht ins Land
33

Verreisen Sie?
55

Sonne, Meer …
87

… und hohe Berge
115

Der Sommer ist ein Gefühl
141

Nachwort
173

Quellennachweis
177

Aus dem Bilderbuch des Sommers

… und eile mir nicht zu schnell,
Du goldener Tag …

Friedrich Hölderlin

Thomas Mann

Vier Wochen Ferien

Seit manchem Jahr hatten Buddenbrooks sich der weiteren sommerlichen Reisen entwöhnt, die ehemals üblich gewesen waren, und selbst als im vorigen Frühling die Senatorin dem Wunsche gefolgt war, ihren alten Vater in Amsterdam zu besuchen und nach so langer Zeit einmal wieder ein paar Duos mit ihm zu geigen, hatte ihr Gatte nur in ziemlich wortkarger Weise seine Einwilligung gegeben. Daß aber Gerda, der kleine Johann und Fräulein Jungmann alljährlich für die Dauer der Sommerferien ins Kurhaus von Travemünde übersiedelten, war hauptsächlich Hanno's Gesundheit wegen die Regel geblieben …

Sommerferien an der See! Begriff wohl irgend jemand weit und breit, was für ein Glück das bedeutete? Nach dem schwerflüssigen und sorgenvollen Einerlei unzähliger Schultage vier Wochen lang eine friedliche und kummerlose Abgeschiedenheit, erfüllt von Tanggeruch und dem Rauschen der sanften Brandung … Vier Wochen, eine Zeit, die an ihrem Beginne nicht zu übersehen und ermessen war, an deren Ende zu glauben unmöglich und von deren Ende zu sprechen eine lästerliche Roheit war. Niemals verstand es der kleine Johann, wie dieser oder jener Lehrer es über sich gewann, am Schlusse des Unterrichts Redewendungen laut werden zu lassen wie etwa: »Hier werden wir nach den Ferien fortfahren und zu dem und dem übergehen …« Nach den Ferien! Er schien sich noch darauf zu freuen, dieser unbegreifliche Mann im blanken Kammgarnrock! Nach den Ferien! War das überhaupt ein Gedanke! So wundervoll weit in graue Ferne entrückt war alles, was jenseits dieser vier Wochen lag!

In einem der beiden Schweizerhäuser, welche, durch einen

schmalen Mittelbau verbunden, mit der Konditorei und dem Hauptgebäude des Kurhauses eine gerade Linie bildeten: welch ein Erwachen, am ersten Morgen, nachdem tags zuvor ein Vorzeigen des Zeugnisses wohl oder übel überstanden und die Fahrt in der bepackten Droschke zurückgelegt war! Ein unbestimmtes Glücksgefühl, das in seinem Körper emporstieg und sein Herz sich zusammenziehen ließ, schreckte ihn auf ... er öffnete die Augen und umfaßte mit einem gierigen und seligen Blick die altfränkischen Möbel des reinlichen kleinen Zimmers ... Eine Sekunde schlaftrunkener, wonniger Verwirrung – und dann begriff er, daß er in Travemünde war, für vier unermeßliche Wochen in Travemünde! Er regte sich nicht; er lag still auf dem Rücken in dem schmalen gelbhölzernen Bette, dessen Linnen vor Alter außerordentlich dünn und weich waren, schloß hie und da aufs neue seine Augen und fühlte, wie seine Brust in tiefen, langsamen Atemzügen vor Glück und Unruhe erzitterte.

Das Zimmer lag in dem gelblichen Tageslicht, das schon durch das gestreifte Rouleau hereinfiel, während doch ringsum noch alles still war und Ida Jungmann sowohl wie Mama noch schliefen. Nichts war zu vernehmen als das gleichmäßige und friedliche Geräusch, mit dem drunten der Hausknecht den Kies des Kurgartens harkte, und das Summen einer Fliege, die zwischen Rouleau und Fenster beharrlich gegen die Scheibe stürmte, und deren Schatten man auf der gestreiften Leinwand in langen Zickzacklinien umherschießen sah ... Stille! Das einsame Geräusch der Harke und monotones Summen! Und dieser sanft belebte Friede erfüllte den kleinen Johann alsbald mit der köstlichen Empfindung jener ruhigen, wohlgepflegten und distinguierten Abgeschiedenheit des Bades, die er so über alles liebte. Nein, Gott sei gepriesen, hierher kam keiner der blanken Kammgarnröcke, die auf Erden Regeldetri und Grammatik vertraten, hierher nicht, denn es war ziemlich kostspielig hier draußen ...

Ein Anfall von Freude machte, daß er aus dem Bette sprang und auf nackten Füßen zum Fenster lief. Er zog das Rouleau empor, öffnete den einen Flügel, indem er den weißlackierten Haken löste, und blickte der Fliege nach, die über die Kieswege und Rosenbeete des Kurgartens hin davonflog. Der Musiktempel, im Halbkreise von Buchsbaum umwachsen, stand noch leer und still den Hotelgebäuden gegenüber. Das Leuchtenfeld, das seinen Namen nach dem Leuchtturm trug, der irgendwo zur Rechten aufragte, dehnte sich unter dem weißlich bezogenen Himmel aus, bis sein kurzes, von kahlen Erdflecken unterbrochenes Gras in hohe und harte Strandgewächse und dann in Sand überging, dort, wo man die Reihen der kleinen, hölzernen Privatpavillons und der Sitzkörbe unterschied, die auf die See hinausblickten. Sie lag da, die See, in Frieden und Morgenlicht, in flaschengrünen und blauen, glatten und gekrausten Streifen, und ein Dampfer kam zwischen den rotgemalten Tonnen, die ihm das Fahrwasser bezeichneten, von Kopenhagen daher, ohne daß man zu wissen brauchte, ob er ›Najaden‹ oder ›Friederike Oeverdieck‹ hieß. Und Hanno Buddenbrook zog wieder tief und mit stiller Seligkeit den würzigen Atem ein, den die See zu ihm herübersandte, und grüßte sie zärtlich mit den Augen, mit einem stummen, dankbaren und liebevollen Gruße.

Theodor Fontane

Behaglich in der Sonne liegen

Behaglich in der Sonne liegen, behaglich die Wellen um sich spielen lassen, eine durchgehende sinnliche Freude, alles muß den Sinnen schmeicheln, jedem Sinne – die Seeluft tut so wohl, die Resedaluft tut so wohl, die Levkojen tuen so wohl, ein Regenbogen tut so wohl, ein Bad erquickt so, Beethoven auch und die Madonna della Sedia auch. Es geht alles wie mit einem Samthandschuh über einen hin. Es verlohnt sich um solche Dinge zu leben, eine lange Kette kleiner Wohligkeiten und Behaglichkeiten, aber nicht weinen und nicht lachen, sich nicht enragieren, um Gottes willen keine Leidenschaften und keinen Schmerz.

Joachim Ringelnatz

Sommerfrische

Zupf dir ein Wölkchen aus dem Wolkenweiß,
Das durch den sonnigen Himmel schreitet.
Und schmücke den Hut, der dich begleitet,
Mit einem grünen Reis.

Verstecke dich faul in die Fülle der Gräser.
Weil's wohltut, weil's frommt.
Und bist du ein Mundharmonikabläser
Und hast eine bei dir, dann spiel, was dir kommt.

Und laß deine Melodien lenken
Von dem freigegebenen Wolkengezupf.
Vergiß dich. Es soll dein Denken
Nicht weiter reichen als ein Grashüpferhupf.

Julian Schutting

Hochsommerwiesen

HOCHSOMMERWIESEN. überall, wo es welche gibt, stimmen sie einen froh, als erwachsen geworden lebenskräftige Jahreszeit, und wie erst die in eines liebster Landschaft, und wären sie nur, weil man weiß, wo man ist, von den anderen zu unterscheiden: ›Hochsommerwiesen‹ zu denken, und es sind die des Salzkammergutes, ›Hochsommerwiesen‹, und das Spätnachmittagslicht, das die Lärchenhänge herunter sie streift, will mir wie ein liebend geseufzter Name übers Herz streichen, und was sie dann überläuft, ist die Freude, daß nun Hochsommer ist und ich seinen Wiesen entlanggehe als ein Heimgekehrter zur rechten Zeit, wenigstens diese Landschaft kann ich noch lieben –

mit der Hand durch die hohen Gräser zu fahren, als wären sie Wasser; lange Halme aus dem Knoten zu ziehen oder die blütenstaubstäubenden Rispen von ihnen zu streifen, ein Federbuschen wird es oder ein Gamsbart; nach Arnikasternen, nach Kindheitswörtern wie ›Kuckuckslichtnelke‹, ›Wiesenbocksbart‹ und ›Sauerampfer‹ auszuschauen, Bärentatzen sind da und der Hornklee mit seinen blonden Hufen, auch Hahnenfuß, dessen Name, kein Sporn ist zu sehen, wohl erst zu verstehen wäre, risse man einen samt der Wurzel aus, Latern-, nein: Luzernklee

Thymian zu zerreiben, von den zweierlei Salbeikräutern, den rotvioletten mit immer trockenen Lippen und den dunkelvioletten, sind es einmal mehr die Blüten, einmal mehr die Blätter, die nach Salbei riechen

das Weiß der Margeriten und das Weiß des Jasmins, der im Salzkammergut noch im Hochsommer blüht; anders weiß, von gelbem Blütenstaub durchsetzt, die weißen Teller der Hollerbüsche (Teller, die aufsitzen gespreizten Fingern), von den im Ausseer Land versäumten Narzissen blühen einige nach

inmitten hohen Grases schwimmen, innerhalb eines Kreises, Margeriten, noch ein Margeritenteich, auf fremdem Grün ruhen die Blüten, als wären das ihre Blätter; aus dichtem Gras hat sich eine Insel Steinnelken gehoben,

Ausschüttung von Samen, die in konzentrischen Wellenkreisen erfolgt, als sollte gleich und gleich beisammenbleiben, und wo die Wiesen noch höher stehen, dort drängt wie Seerosen ans Licht, was ansonsten nicht so hoch wächst,

von Hochsommerwogen emporgetragen ist es Rotblühendem gelungen, in weiße Teiche zu springen, ähnlich hat Blaublühendes den schattigen Wall um eine gelbe Lichtung durchbrochen

aus dem um eines Füße rein genau gemalten Wiesenstück dorthin, wo vielerlei Grün mit anderen Farben sich wässerig vermischt – bald von Grassamen behangen, solch einen Hang hinanzuwaten, Bienen- und Schmetterlingsbüschen wie einer kalten Strömung auszuweichen, eine Spur hinter sich herzuziehen wie ein Schwimmer, gleich schnell, wie Wasser sich glättet, richtet sich wieder auf, was nicht zur Seite geschnellt ist, und nun ganz von Hochsommer umschlossen, unversehens reicht er dir bis an die Brust, riechst du das Heublumengemisch, das schon nach dem Heu riecht, das mitten im Winter den nächsten Sommer über den Schnee legen wird

Christian Morgenstern

Schwalben

Schwalben, durch den Abend treibend,
leise rufend, hin und wieder,
kurze rasche Bogen schreibend,
goldne Schimmer im Gefieder –.

Oh, wie möcht' ich dir sie zeigen,
diese sonnenroten Rücken!
Und der götterleichte Reigen
müßte dich wie mich entzücken.

Theodor Storm

Wenn die Äpfel reif sind

Es war mitten in der Nacht. Hinter den Linden, die längs dem Plankenzaun des Gartens standen, kam eben der Mond herauf und leuchtete durch die Spitzen der Obstbäume und drüben auf die Hinterwand des Hauses, bis hinunter auf den schmalen Steinhof, der durch ein Staket von dem Garten getrennt war; die weißen Vorhänge hinter dem niedrigen Fensterchen waren ganz von seinem Licht beschienen. Mitunter war's, als griffe eine kleine Hand hindurch und zöge sie heimlich auseinander; einmal sogar lehnte die Gestalt eines Mädchens an die Fensterbank. Sie hatte ein weißes Tüchlein unter's Kinn geknotet und hielt eine kleine Damenuhr gegen das Mondlicht, auf der sie das Rücken des Weisers aufmerksam zu betrachten schien. Draußen vom Kirchturm schlug es eben drei Viertel.

Unten zwischen den Büschen des Gartens auf den Steigen und Rasenplätzen war es dunkel und still; nur der Marder, der in den Zwetschen saß, schmatzte bei seiner Mahlzeit und kratzte mit den Klauen in die Baumrinde. Plötzlich hob er die Schnauze. Es rutschte etwas draußen an der Planke; ein dicker Kopf guckte herüber. Der Marder sprang mit einem Satz zu Boden und verschwand zwischen den Häusern; von drüben aber kletterte ein untersetzter Junge langsam in den Garten hinab.

Dem Zwetschenbaum gegenüber, unweit der Planke, stand ein nicht gar hoher Augustapfelbaum; die Äpfel waren gerade reif, die Zweige brechend voll. Der Junge mußte ihn schon kennen; denn er grinste und nickte ihm zu, während er auf den Fußspitzen an allen Seiten um ihn herumging; dann, nachdem er einige Augenblicke still gestanden und gelauscht hatte, band er sich einen großen Sack vom Leibe und fing bedächtig an zu klettern. Bald knickte es droben zwischen den Zweigen und die Äpfel fielen in den Sack, einer um den andern in kurzen regelrechten Pausen.

Da zwischendrein geschah es, daß ein Apfel nebenbei zur Erde fiel und ein paar Schritte weiter in's Gebüsch rollte, wo ganz versteckt eine Bank vor einem steinernen Gartentischchen stand. An diesem Tische aber – und das hatte der Junge nicht bedacht – saß ein junger Mann mit aufgestütztem Arm und gänzlich regungslos. Als der Apfel seine Füße berührte, sprang er erschrocken auf; einen Augenblick später trat er vorsichtig auf den Steig hinaus. Da sah er droben, wohin der Mond schien, einen Zweig mit roten Äpfeln unmerklich erst und bald immer heftiger hin und her schaukeln; eine Hand fuhr in den Mondschein hinauf und verschwand gleich darauf wieder samt einem Apfel in den tiefen Schatten der Blätter.

Der unten Stehende schlich sich leise unter den Baum, und gewahrte nun endlich auch den Jungen wie eine große schwarze Raupe um den Stamm herumhängen. Ob er ein Jäger war, ist seines kleinen Schnurrbartes und seines ausgeschweiften Jagdrocks unerachtet schwer zu sagen; in diesem Augenblicke aber mußte ihn so etwas wie ein Jagdfieber überkommen; denn atemlos, als habe er die halbe Nacht hier nur gewartet, um die Jungen in den Apfelbäumen zu fangen, griff er durch die Zweige und legte leise, aber fest, seine Hand um den Stiefel, welcher wehrlos an dem Stamme herunterhing. Der Stiefel zuckte, das Apfelpflücken droben hörte auf; aber kein Wort wurde gewechselt. Der Junge zog, der Jäger faßte nach; so ging es eine ganze Weile; endlich legte der Junge sich auf's Bitten.

»Lieber Herr!«

»Spitzbube!«

»Den ganzen Sommer haben sie über den Zaun geguckt!«

»Wart nur, ich werde Dir einen Denkzettel machen!« und dabei griff er in die Höhe und packte den Jungen in den Hosenspiegel. »Was das für derbes Zeug ist!« sagte er.

»Manchester, lieber Herr!«

Der Jäger zog ein Messer aus der Tasche und suchte mit der freien Hand die Klinge aufzumachen. Als der Junge das Einschnappen der Feder hörte, machte er Anstalten hinabzuklettern. Allein der Andere wehrte ihm. »Bleib nur!« sagte er, »Du hängst mir eben recht!«

Der Junge schien gänzlich wie verlesen. »Herr Jemine!« sagte er, »es sind des Meisters seine! – Haben Sie denn gar kein Stöckchen, lieber Herr? Sie könnten es mit mir alleine abmachen! Es ist mehr Plaisir dabei; es ist eine Motion; der Meister sagt, es ist so gut wie Spazierenreiten!«

Allein – der Jäger schnitt. Der Junge, als er das kalte Messer so dicht an seinem Fleisch heruntergleiten fühlte, ließ den vollen Sack zur Erde fallen; der Andere aber steckte den ausgeschnittenen Flecken sorgfältig in die Westentasche. »Nun kannst Du allenfalls herunterkommen!« sagte er.

Er erhielt keine Antwort. Ein Augenblick nach dem andern verging; aber der Junge kam nicht. Von seiner Höhe aus hatte er plötzlich, während ihm von unten her das Leid geschah, im Hause drüben das schmale Fensterchen sich öffnen sehen. Ein kleiner Fuß streckte sich heraus – der Junge sah den weißen Strumpf im Mondschein leuchten – und bald stand ein vollständiges Mädchen draußen auf dem Steinhof. Ein Weilchen hielt sie mit der Hand den offenen Fensterflügel; dann ging sie langsam an das Pförtchen des Staketenzaunes und lehnte sich mit halbem Leibe in den dunkeln Garten hinaus.

Der Junge renkte sich fast den Hals aus, um das Alles zu betrachten. Dabei schienen ihm allerlei Gedanken zu kommen; denn er verzog den Mund bis an die Ohren und stellte sich breitspurig auf zwei gegenüber stehende Äste, während er mit der einen Hand das geschädigte Kleidungsstück zusammenhielt.

»Nun, wird's bald?« fragte der Andere.

»Es wird schon«, sagte der Junge.

»So komm herunter!«

»Es ist nur«, erwiderte der Junge, und biß in einen Apfel, daß der Jäger es unten knirschen hörte, »es ist nur, daß ich just ein Schuster bin!«

»Was denn, wenn Du kein Schuster wärst?«

»Wenn ich ein Schneider wäre, würde ich mir das Loch von selber flicken.« Und er fuhr fort seinen Apfel zu verspeisen.

Der junge Mann suchte in seiner Tasche nach kleiner Münze, aber er fand nur einen harten Doppeltaler. Schon wollte er die Hand zurückziehen, als er von unten her ganz deutlich ein Klinken an der Gartentür vernahm. Auf dem Kirchturm drüben schlug es eben zwölf. – Er fuhr zusammen. »Dummkopf!« murmelte er, und schlug sich vor die Stirn. Dann griff er wieder in die Tasche und sagte sanft: »Du bist wohl armer Leute Kind?«

»Sie wissen schon«, sagte der Junge, »'s wird Alles sauer verdient.«

»So fang und laß Dir flicken!« Damit warf er das Geldstück zu ihm hinauf. Der Junge griff zu, wandte es prüfend im Mondschein hin und wider und schob es schmunzelnd in die Tasche.

Draußen auf dem langen Steige, an dem der Apfelbaum in den Rabatten stand, wurden kleine Schritte vernehmlich und das Rauschen eines Kleides auf dem Sande. Der Jäger biß sich in die Lippen; er wollte den Jungen mit Gewalt herunter reißen; der aber zog sorgsam die Beine in die Höhe, eins um's andere; es war vergebene Mühe. »Hörst Du nicht?« sagte er keuchend, »Du kannst nun gehen!«

»Freilich!« sagte der Junge, »wenn ich den Sack nur hätte!«

»Den Sack?«

»Er ist mir da vorher hinabgefallen.«

»Was geht das mich an?«

»Nun, lieber Herr, Sie stehen just da unten!«

Der Andere bückte sich nach dem Sack, hob ihn ein Stück vom Boden und ließ ihn wieder fallen.

»Werfen Sie dreist zu!« sagte der Junge, »ich werde schon fangen.«

Der Jäger tat einen verzweifelnden Blick in den Baum hinauf, wo die dunkle, untersetzte Gestalt zwischen den Zweigen stand, sperrbeinig und bewegungslos. Als aber draußen die kleinen Schritte in kurzen Pausen immer näher kamen, trat er hastig auf den Steig hinaus.

Ehe er sich's versah, hing ein Mädchen an seinem Halse.

»Heinrich!«

»Um Gottes Willen!« Er hielt ihr den Mund zu und zeigte in den Baum hinauf. Sie sah ihn mit verdutzten Augen an; aber er achtete nicht darauf, sondern schob sie mit beiden Händen in's Gebüsch.

»Junge, vermaledeiter! – Aber daß Du mir nicht wieder kommst!« und er erwischte den schweren Sack am Boden und hob ihn ächzend in den Baum hinauf.

»Ja, ja«, sagte der Junge, indem er dem Andern behutsam seine Bürde aus den Händen nahm, »das sind von den roten, die fallen in's Gewicht!« Hierauf zog er ein Endchen Bindfaden aus der Tasche und schnürte es eine Spanne oberhalb der Äpfel um den Sack, während er mit den Zähnen die Zipfel desselben angezogen hielt; dann lud er ihn auf seine Schulter, sorgsam und regelrecht, so daß die Last gleichmäßig auf Brust und Rücken verteilt wurde. Nachdem dieses Geschäft zu seiner Zufriedenheit beendet war, faßte er einen ihm zu Häupten ragenden Ast und schüttelte ihn mit beiden Fäusten. »Diebe in den Äpfeln!« schrie er; und nach allen Seiten hin prasselten die reifen Früchte durch die Zweige.

Unter ihm rauschte es in den Büschen, eine Mädchenstimme kreischte, die Gartenpforte klirrte, und als der Junge noch einmal den Hals ausreckte, sah er soeben das kleine Fenster wieder zuklappen und den weißen Strumpf darin verschwinden.

Einen Augenblick später saß er rittlings auf der Gartenplanke und lugte den Weg entlang, wo sein neuer Bekannter mit langen Beinen in den Mondschein hinauslief. Dabei griff er in die Tasche, befingerte seine Silbermünze und lachte so ingrimmig in sich hinein, daß ihm die Äpfel auf dem Buckel tanzten. Endlich, als schon die ganze Hausgenossenschaft mit Stöcken und Laternen im Garten umherrannte, ließ er sich lautlos an der andern Seite hinuntergleiten und schlenderte über den Weg in den Nachbarsgarten, allwo er zu Haus war.

Günter Bruno Fuchs

Märchen vom Leuchtkäfer

Als er zu leuchten begann,
mußte es finster sein.

Zuerst
kam er langsam
über die Wiese, manchmal
im Kreis, einmal
gefiel ihm
die enge Spirale.

Gräser tuschelten leise.
Keines verbat sich
die Störung. Alle besprachen
die flackernde Reise.

Mitten durchs Baumherz
trug er gute Laternen

und flog dann
über die schlafenden Augen
und kalten Kanäle der Großstadt,
singend über den Kehricht der Kriege,
über die Erde
mit guter Verheißung
zwischen den Fühlern.

Reinhard Lettau

Einladung zu Sommergewittern

Die Witwe Saatmantel, von deren Jugend nur die Legende weiß, lädt alljährlich zu Sommergewittern ein. Wenn vor den dicht verschlossenen Fenstern der Sommer Tag um Tag brütet, ohne daß ein eiliger Guß oder gar ein anhaltender Landregen sich gezeigt hat, darf man stündlich mit einer Einladung rechnen. Boten bringen die kleinen Billetts ins Haus und keines Dieners Daumen wird sich sträuben, den wohlentworfenen Schriftsatz der Einladungskarten verschwiegen zu überprüfen: sie sind geprägt. Man erfährt, daß, wenn es der Himmel erlaube, man für heute abend zu einem Sommergewitter eingeladen sei, und sogleich rüstet man sich für den Weg.

Immer wieder ist es anregend, zur Anfahrt die kleine Straße über Rastatt zu benutzen. Sei es die Nähe der Berge, sei es die Enge der noch ebenen, vielgewundenen Wegstrekke, jedenfalls verkleinert sich die Landschaft hier zusehends, rechts und links zieht sie sich zu immer schmalerer und überschaubarer Winzigkeit zusammen und entzieht sich fast ganz: Die Welt wird zur Gasse, die durstig und geradenwegs in den Landsitz der Witwe Saatmantel führt.

Die kleine Straße verlassend, durchfährt man ein einzelnes Tor, und, während der Wagen in eine niedere, dunkle Gangart verfällt, hört man den feinen Kies unter den schlurfenden Rädern. Hinter dem Hause findet man die Gefährte der anderen Gäste in der Zufälligkeit ihrer Ankünfte wahllos durcheinander aufgestellt – der Zauder der Platzwahl noch an den schräg verstellten Rädern erkennbar. Die Tafeln sind vor dem Hause errichtet; fast staunt man, sie anläßlich des erwarteten Naturereignisses so überladen zu finden. Die feinen Toiletten der Damen – weite flockige Gewänder, an denen ausgesuchte Corsagen verteilt sind, – die dunkle Kleidung der Männer, in deren Brusttaschen sich weiße Ziertücher gebläht wie Segel davonzumachen scheinen, die achtlos gehaltenen Gläser und schließlich die unter den Bäumen seltsam entschwindende, verführerische Musik lassen das nahe Gewitter vergessen.

Dennoch bleibt es, wenn einmal die Tafel eröffnet ist, nicht aus, daß in gewissen Tischreden des erwarteten Gewitters gedacht wird. Solange man zurückdenken kann, ist jedesmal dieser Henri Plein, ein höherer Justizbeamter, aufgestanden und hat seiner Hoffnung Ausdruck gegeben, es werde diesmal zu einem französischen Landgewitter kommen. Die nahe Grenze, sagt er, gestatte solche Wunschträume; jeder, dem französische Gewitter unbekannt seien, müsse hier bedauert werden, seien sie doch viel geistreicher als deutsche Gewitter. Solche Reden reizen zwar zum Widerspruch, aber es weiß niemand, warum Frau Blesse, sonst eine kritische Kennerin, immer wieder das Augenmerk der entrüsteten Gäste auf Ganghofer-Gewitter hinlenkt. Welcher Art auch immer die Mutmaßungen über die Beschaffenheit des Gewitters sein mögen, das man erwartet – stets wird man bemerken, daß Frau Saatmantel ihnen nicht wohlgesonnen ist. Vielmehr ist der Sinn der Witwe darauf gerichtet, das Nahen des Gewitters, selbst wenn es sich durch tiefes Grollen und erste, schwere Tropfen bereits ankündigt, vergessen zu machen. Freilich weiß die Witwe, daß es sich nie wieder so unvermittelt einstellen wird wie vor Zeiten, als es anläßlich einer bloß als solchen geplanten Sommergesellschaft eine erregte, hier und dort kreischende Menschenmenge in die schmale Diele des Hauses trieb – einen Herrn Wurf, einen Charmeur von betörendem Äußeren, wegen seiner völlig durchnäßten Kleider zum Bleiben zwingend. Der Gedanke, folgende

Sommerparties so zu legen, daß ein Gewitter sie krönen werde, lag auf der Hand – ein kostspieliger Gedanke übrigens, denn stets werden viele Möbel durch die nicht selten heftigen Regenfälle vernichtet, ganz deutlich kann man das von den Fenstern aus beobachten.

In den ersten Jahren war es schwierig, Kapellen für die Gewitterparties zu finden, hatte es sich doch in Musikerkreisen herumgesprochen, wie beschwerlich und recht eigentlich würdelos diese freilich hochdotierten Engagements seien, indem nämlich die Herren oft im strömenden Regen weiterzuspielen angehalten wurden: zerstörte Instrumente, verquollene Violinen zum Beispiel, waren die Folge. Würdelos war dies nach Meinung der Musiker, weil man von den fest verschlossenen Fenstern des schützenden Hauses her die Musik ohnehin nicht vernehmen konnte. Von dort wurden die musizierenden Herren nur für Bruchteile von Sekunden den erheiterten Gästen im Schein eines Blitzes sichtbar. Bläulich-grün standen sie da, eng aneinandergedrängt, mit großen Augen, die Messingrohre oder Geigenstöcke reglos in den Himmel gehoben, eine Gruppe, einem einzigen Eiszapfen ähnlich oder wie zu einer Momentaufnahme bereitgestellt. Hinter den rinnenden Fenstern erblickten sie die von brüllendem Gelächter wild verzerrten Gesichter der Gäste. Viel Lob erntete die Witwe, deren Sinn für das Dramatische hier sichtbar wurde, für diesen Effekt, dessen man gleichwohl entsagen mußte, als immer wieder Blitze das makellose Metall der Waldhörner schwarz verstümmelten. Heute spielen die Herren, wenn der Regen einsetzt, auf zu diesem Behufe mitgeführten Scheininstrumenten. Sind diese aufgeweicht, so bittet man sie ins Haus, wo sie eine kräftige Fleischbrühe erwartet.

Das Innere des Hauses entbehrt, wenn sich die Gesellschaft glücklich gerettet hat, nicht des Chaotischen. Triefende Kleider werden ausgewrungen, große Wasserlachen bilden sich in den Gesellschaftsräumen des Parterre, und es kann nicht verschwiegen werden, daß es beim Aufzucken eines Blitzes oder wenn ein großer Donner die Fenster klirren läßt, zu vielen schreckhaften Umarmungen kommt. Mancher Diener hat, während es draußen zusehends Nacht wird und ein fahler Widerschein entfernter Blitze die Gesellschaft in Atem hält, die schwere Hand der Witwe auf seinem Arm gespürt, sehr nachdrücklich sogar, und niemand kann sagen, wie viele der Gäste über Nacht zu bleiben gezwungen sind. Da nicht immer trockene Kleider zum Auswechseln in genügender Zahl zur Verfügung stehen, muß zu entlegenen Kostümen gegriffen werden: es kommt zu Maskierungen, einer Art natürlichen Karnevals sozusagen. Hinter hastig erstellten spanischen Wänden vernimmt man oft Gelächter – vom Kamin her wirft ein prasselndes Feuer Schatten über die Räume –, die Gewißheit plötzlicher Isolation von der Außenwelt verbreitet eine eigenartige Stimmung. Der Verdacht läßt sich nicht unterdrücken, daß die Witwe Saatmantel in vorgängiger Kenntnis der Vertrautheiten und Sensationen, zu denen ein Naturereignis immer eine Gruppe von Menschen vereint – daß die Witwe, eine lebenslustige, wenngleich etwas seltsame Dame, gerade in Vorhersicht solcher allgemeinen, versöhnlichen Gestimmtheit zu Sommergewittern einlädt.

Sarah Kirsch

Wechselbalg

Endlich nach Wochen finsterster Wolken dauernden Regens
Schlechtgelaunt und empfindlich gingen die Menschen
umher
Die Wiesen und Äcker wurden zu überquellenden Mooren
Steht nun die Sonne wieder im lichtesten Blau.
Fröhlicher flattert die Wäsche auf den Leinen im Freien
O wie freun sich die Bienen und Hummeln rings in den
Gräsern
Über die heißen blütenaufsprengenden Strahlen wie emsig
Beginnen am Abend die Grillen ihr Lied und der Kuckuck
Der so lange geschwiegen wird nicht müde zu rufen.
In den Gärten werden Erdbeerbeete bereitet
Oder in blauen Säulen steigt nun der erste Rauch
In die Kronen alter blitzgetroffener Eichen
Mancherlei Fleisch liebliche Bissen zahlreiche Würste
Werden über die glimmenden Kohlen gelegt und die Bauern
Geben die Kornflasche weiter reden noch übel vom Wetter
Diesem Patron dem sie leibhaftig angehören.
Viel Lebendiges rührt sich in den Höfen der Menschen
Auf ihren leichten Flügeln erheben sich hoch die Schwalben.

Axel Hacke

Warum ich das Grillen hasse

Es war ein heißer Tag im Frühsommer – da lud uns mein Freund Paul zu sich aufs Land ein. Zwei Monate zuvor waren unsere Väter gestorben, Pauls und meiner, fast gleichzeitig.

Wir waren müde und wollten uns erholen, verbrachten den Tag mit Paul und seiner Familie an einem See. Dann fuhren wir in sein Haus, zum Grillen auf der Terrasse. Es war schon nach sechs. Wir hatten Hunger und Durst. Paul holte Grill und Kohle und Grillanzünder und einen Blasebalg. Er entfachte ein Feuer, aber es entfaltete sich nur langsam, und Paul fragte, wie es mit Bier wäre.

»Gut«, sagte ich.

Wir tranken.

Dann heizten wir weiter, aber die Sache dauerte, Paul schien nicht der Talentierteste, und ich fragte, ob wir nicht noch ein Bier …

Wir tranken.

Dann heizten wir weiter, es bildeten sich Nester glühender Kohlen. Ich sagte, im Ofen gehe Grillen schneller. Paul sagte, das sei nicht so gemütlich.

Er holte noch ein Bier.

Das tranken wir.

Dann heizten wir weiter. Es wurde halb acht. Paul sagte, man mache immer denselben Fehler, fange zu spät an mit dem Grillen. Wie es mit noch einem Bier wäre, fragte er.

Wir tranken.

Dann heizten wir weiter, weiße Asche lag auf glühenden Kohlen, darüber hing ein heißes Sirren in der Luft. Die Kinder aßen Kartoffelsalat, weil sie den Hunger nicht mehr aushielten. Die Mütter brachten sie ins Bett. Wir mussten warten, bis sie wiederkamen.

»Noch ein Bier?«, fragte Paul.

»Was sonst?«, fragte ich.

Und trank.

»Wusstest du, dass mein Vater ein großer Choleriker war?«, fragte Paul. Einmal habe er ihm als Kind einen schönen Fußball geschenkt, verbunden mit der Ermahnung, ihn pfleglich zu behandeln, den schönen, teuren Fußball. Aber weil er abends naß und dreckig im Flur lag, der Fußball, habe er ihn gepackt, der Vater den Fußball, und in rasender Wut mit einem Messer zerstochen.

»Wusstest du, dass mein Vater ein noch größerer Choleriker war?«, fragte ich. Einmal habe er einen Grill gekauft, wollte ihn sofort ausprobieren, aber es war nur ein gefrorenes Hähnchen da. Mein Vater habe versucht, den Spieß mit einem Hammer durch das Hähnchen zu treiben, um es dann über dem Feuer zu tauen, aber der Spieß habe sich verbogen. Da habe der Vater in seiner Tobsucht das Hähnchen wie einen Handball gegen die Hauswand geworfen, doch nicht die Wand getroffen, sondern das Fenster. Es zerbrach. Durch die Fensterhöhle habe er den Grill geschleudert. Die Mutter habe Not gehabt, die glühenden Kohlen zu löschen, bevor nicht nur der Teppich, sondern auch das Haus verbrannte.

Wo die Frauen seien, fragte Paul.

Ich sah nach. Sie waren mit den Kindern eingeschlafen. Ich weckte sie. Sie sagten, sie würden gleich hinauskommen.

Paul legte mit fahrigen Bewegungen Fleisch auf den Grillrost. Aber der war schlecht befestigt, und weil Paul das Fleisch ungeschickt nur auf eine Seite legte, kippte der Rost. Das Fleisch fiel zischend in die Glut.

»Ich bin betrunken«, sagte Paul.

»Nie auf leeren Magen grillen!«, sagte ich.

»Mein Vater würde den Grill ins Biotop des Nachbarn schleudern«, sagte Paul.

»Meiner würde ihn zerhacken«, sagte ich.

»Ich hasse Grillen. Ich wollte euch eine Freude machen«, sagte Paul.

»Ich hasse Grillen noch mehr. Ich wollte dir den Spaß nicht verderben«, sagte ich.

Das Fleisch verbrannte stinkend zwischen glühenden Kohlen. Wir hingen auf den Gartenmöbeln wie müde Köhlergehilfen, in rauchgebeizten Hemden und, sozusagen, melancholerisch gestimmt. Der Himmel war klar. Die Sterne hingen da wie rätselhafte Zeichen.

Paul öffnete plötzlich einfach eine Flasche Bier und leerte sie, das Feuer löschend, über zischender, dampfender Glut.

Paola stand in der Terrassentür, augenreibend: Was denn los sei?

»Ach«, seufzte ich.

Der Sommer geht ins Land

Geh aus mein Herz und suche Freud
In dieser lieben Sommerzeit

Paul Gerhard

Johann Wolfgang Goethe

Glückliche Tage

Ich lebe so glückliche Tage, wie sie Gott seinen Heiligen ausspart, und mit mir mag werden was will; so darf ich nicht sagen, daß ich die Freuden, die reinsten Freuden des Lebens nicht genossen habe. Du kennst mein Wahlheim. Dort bin ich völlig etablirt. Von dort hab ich nur eine halbe Stunde zu Lotten, dort fühl ich mich selbst und alles Glück, das dem Menschen gegeben ist.

Hätte ich gedacht, als ich mir Wahlheim zum Zwecke meiner Spaziergänge wählte, daß es so nahe am Himmel läge! Wie oft habe ich das Jagdhaus, das nun alle meine Wünsche einschließt, auf meinen weiten Wandrungen bald vom Berge, bald in der Ebne über den Fluß gesehn.

Lieber Wilhelm, ich habe allerley nachgedacht, über die Begier im Menschen sich auszubreiten, neue Entdeckungen zu machen, herumzuschweifen; und dann wieder über den innern Trieb, sich der Einschränkung willig zu ergeben, und in dem Gleise der Gewohnheit so hinzufahren, und sich weder um rechts noch links zu bekümmern.

Es ist wunderbar, wie ich hierher kam und vom Hügel in das schöne Thal schaute, wie es mich rings umher anzog. Dort das Wäldchen! Ach könntest du dich in seine Schatten mischen! Dort die Spitze des Bergs! Ach könntest du von da die weite Gegend überschauen! Die in einander gekettete Hügel und vertrauliche Thäler. O könnte ich mich in ihnen verliehren! – Ich eilte hin! und kehrte zurück, und hatte nicht gefunden was ich hoffte. O es ist mit der Ferne wie mit der Zukunft! Ein grosses dämmerndes Ganze ruht vor unserer Seele, unsere Empfindung verschwimmt sich darinne, wie unser Auge, und wir sehnen uns, ach! unser ganzes Wesen hinzugeben, uns mit all der Wonne eines einzigen grossen herrlichen Gefühls ausfüllen zu lassen. – Und ach, wenn wir hinzueilen, wenn das Dort nun Hier wird, ist alles vor wie nach, und wir stehen in unserer Armuth, in unserer Eingeschränktheit, und unsere Seele lechzt nach entschlüpftem Labsale.

Und so sehnt sich der unruhigste Vagabund zulezt wieder nach seinem Vaterlande, und findet in seiner Hütte, an der Brust seiner Gattin, in dem Kreise seiner Kinder und der Geschäfte zu ihrer Erhaltung, all die Wonne, die er in der weiten öden Welt vergebens suchte.

Wenn ich so des Morgens mit Sonnenaufgange hinausgehe nach meinem Wahlheim, und dort im Wirthsgarten mir meine Zuckererbsen selbst pflücke, mich hinsezze, und sie abfädme und dazwischen lese in meinem Homer. Wenn ich denn in der kleinen Küche mir einen Topf wähle, mir Butter aussteche, meine Schoten an's Feuer stelle, zudecke und mich dazu sezze, sie manchmal umzuschütteln. Da fühl ich so lebhaft, wie die herrlichen übermüthigen Freyer der Penelope Ochsen und Schweine schlachten, zerlegen und braten. Es ist nichts, das mich so mit einer stillen, wahren Empfindung ausfüllte, als die Züge patriarchalischen Lebens, die ich, Gott sey Dank, ohne Affektation in meine Lebensart verweben kann.

Wie wohl ist mir's, daß mein Herz die simple harmlose Wonne des Menschen fühlen kann, der ein Krauthaupt auf seinen Tisch bringt, das er selbst gezogen, und nun nicht den Kohl allein, sondern all die guten Tage, den schönen Morgen, da er ihn pflanzte, die lieblichen Abende, da er ihn begoß, und da er an dem fortschreitenden Wachsthume seine Freude hatte, alle in einem Augenblicke wieder mit geniest.

Bertolt Brecht

Juni

Sommer wird's! – Und auf den Feldern
Reift das Getreide in goldener Saat;
Und in den grünen, schattigen Wäldern
Singen die Vögel. Im Goldsonnenbad
Ruhen die Dörfer in grünen Auen –
Ihre Kirchtürme ragen hoh
In den weiten Himmel, den blauen
Weit in der Luft, der sommerlich lauen
Jauchzet die Lerche froh.
Und durch die Luft, duftvollgesogen
Raunt es und jubelt's – im Rauschen der Bäume
Und in der Vögelein Liederträume:
Heißa, der Sommer ist eingezogen.

Hugo von Hofmannsthal

Die Fülle des Sommers

Hier unter dem Schatten des großen Ahorn, hier, wo ein Hahnenruf, ein Grillenzirpen, das Rauschen des kleinen Baches die Welt bedeuten, erscheint diese dreitägige Reise schon wie ein Traum. Und doch war sie wirklich: so wirklich wie ein Gang zum Brunnen, ein Niederbeugen, das Löschen eines tiefen Durstes in eiskaltem, felsentsprungenem Wasser; so wirklich wie ein Verlangen nach Früchten, nach kernigweichen, innerlich kühlen, duftigen, flaumumhüllten Früchten, ein Anlegen der Leiter, ein Hinaufsteigen, ein Pflücken, ein Genießen, ein Schlummern in der Krone des Baumes. Es mußte ein Abend vorhergehen, ein wundervoller Vorabend: jener eine Abend, der in jedem Jahre einmal kommt, früher oder später; jener einzige Abend, an welchem die Fülle des Sommers auf einmal da ist; die Sonne ist längst gesunken, doch steht noch immer im Westen ein Abgrund von Licht; drüber entzündet sich wie eine Fackel der Abendstern; die Berge, die dunklen Schluchten zwischen den Bergen glühen von innerem purpurblauen Feuer; ein unsäglich leichter Hauch geht wie ein Atem von Baum zu Baum; manchmal schleift er lüstern an dem Boden hin, ergreift ein frischgesponnenes Laken, das da zum Bleichen liegt, und bläht es wie ein Segel; dann schwillt vor innerer Kraft das Wasser in den Brunnentrögen, wie droben die Sterne überschwellen vor Glanz; stärker gurgelt es in den hölzernen Röhren, verlangender rauscht es aus dem Felsenspalt hervor, wundervoller braust der ferne Wassersturz, als drängte es den dunklen Berg, die starre Wand, ihr Inneres hinzugeben; von den Hängen, von den Matten läßt sich der Heuduft nieder, langsam kreisend; Wanderern gleichen die Bündel Heu, hingesunkenen Ermüdeten, Stehenden, am Pilgerstabe erstarrt, schlafend in der Gebärde des Wanderns; und jeder Schatten der Nacht, dort am Waldrand, da auf dem Altan, jeder gleicht einem Wanderer, der sich hinließ, in den Mantel gewickelt, mit dem ersten Frühstrahl leicht aufzuspringen, mit dem ersten Schritte weiterzuwandern.

Den nächsten Morgen begann die dreitägige Reise. Ihr Weg war mit dem abwärtsrauschenden Wasser. Ihr Ziel war das Land des Sommers, da unten. Irgend ein Hügel, festlicher als alle gekrönt mit üppigen Gewinden rankender Reben zwischen Ulme und Ulme; irgend ein Weiher, eingesetzt wie ein purpurspielender Edelstein in das Grüne eines Hügels; irgend ein Kastell, aus dessen braunroten Trümmern die breitblättrige Feige wächst und der schattenhafte Ölbaum; irgend ein Dickicht, durch dessen Stämme eine wundervolle Nacktheit zu schimmern scheint, dessen Ranken noch schaukeln vom Flüchten feuchter, leuchtender, göttlicher Wesen.

In den Bergen führt der Weg des ersten Tages. In die Flanke der Berge ist die weiße Straße eingeschnitten, und drunten tobt das starke Wasser abwärts. Dörfer hängen zwischen der Straße und dem Himmel, und die Lerche, die von hier aus steigt und steigt und aus schwindelnder Höhe singt; oben mag einer stehen an seiner Eltern Grab und sich über die niedrige Friedhofsmauer beugen, und sieht die Lerche unter sich. Und Dörfer hängen drunten zwischen der Straße und dem wilden Fluß, und der vergoldete Engel auf der Spitze ihres Kirchturmes funkelt herauf aus der Tiefe.

An der Straße stehen schöne Brunnen; aus einer steinernen Säule springen vier Wasserstrahlen in die schönen uralten steinernen Tröge; jeder Strahl grüßt einen Gebirgsstock, dessen Gipfel Schnee und Sonne zum Trank mischt. Und es steigen Frauen, alte und junge, aus den Dörfern herauf und aus den Dörfern herab, langsam die mühseligen schmalen

Pfade; jede trägt auf der Schulter das antike Joch mit zwei bauchigen, blitzenden, kupfernen Becken. Und wie sie die Becken unter dem Brunnen füllen und tönend das Wasser hineinfällt, so kommen die beiden wieder zusammen, die beieinander im dunkelsten Schoß des Berges schliefen, das Wasser und das Erz.

Und Brücken springen in einem einzigen Bogen tief drunten über das schäumende Wasser; uralt sind sie, steinern, ihr Bauch mit triefendem Moos behangen; sie sind Menschenwerk, aber es ist, als hätte die Natur sie zurückgenommen; es ist, als wären sie aus der Flanke des Berges herausgewachsen, über die Schlucht hinweg in der Flanke des jenseitigen Berges wiederum zu wurzeln.

Und wie in Schlucht die Schluchten münden und in das Wasser die Wässer sich stürzen und Pfad und Brücke die Dörfer verknüpfen und Steige hinabführen von der Hütte des Ziegenhirten, neben dem der Adler horstet, zu der Mühle unten, die im ewigen Wassersturz steht und feucht und grün überwuchert ist, und der Wind Glockenklang heraufträgt und Glockenklang herab und von drüben und von jenseits: so fühlst du, es ist mehr als ein Tal, es ist ein Land, und seine Schönheit gleicht der Schönheit jener nahen großen Wolke drüben, die voll Wucht ist und Dunkelheit und doch leuchtend, ja innerlich durchleuchtet und oben in goldenem Duft zerschmelzend; und schön wie diese Wolke mit zerschmelzenden Buchten ist auch der Name des Landes: es heißt das Cadorin.

Und dieses Land ist nur wie ein Altan, der hinabsieht auf das andere Land, auf das Land, das die Venezianer, von den Palästen ihrer tritonischen Stadt wie von hohen Schiffen hinüberblickend, »das feste Land« nannten, auf das Land, das wie ein Mantel von den Hüften der Alpen niederschleift bis ans Meer.

Fred Endrikat

Stadtflucht

Manchmal schau' ich aufwärts zu den Dächern ringsumher,
denn die grauen Häusermauern drohn mich zu erdrücken.
Auf den Straßen liegt die trübe Luft so bleiern schwer,
und ich trage sie wie eine Last auf meinem Rücken.

Einmal möchte ich von einem grünen Bergeshang
wieder einen Blick ins blaue, weite All genießen.
Möchte still bewundern einen Sonnenuntergang,
wie wenn Himmel, See und Erde ineinanderfließen.

Möchte wieder einen Baum mit reifen Äpfeln sehn,
wie wir sie als Kinder heimlich, oft und gern gestohlen.
Möcht' auf einem Bauernhof vor einem Kuhstall stehn
und ganz tief, aus allertiefsten Tiefen Atem holen.

Einmal möcht' ich wieder über weite Felder gehn
und die weiche Schnauze streicheln einem Ackerpferde.
Möchte Enten schnattern hören und die Hähne krähn.
Meine asphaltmüden Füße sehnen sich nach Erde.

Theodor Fontane

Richmond

Die großen Tyrannen sind ausgestorben; nur in England lebt noch einer – der Sonntag. Er wird auf die Nachwelt kommen wie Cambyses und Nero; nur zündet er die Städte nicht an, denn die Flamme ist Geist; Wasser aber ist *sein* Wesen und *seine* Gefahr, – das Element der Langenweile. Womit vergleich' ich einen Londoner Sonntag? Leser, hast Du jemals einen Abschiedsschmaus gefeiert: feuriger Wein und feurige Rede, Rundgesang und Lichterglanz, Freunde mit blauen und Schenkinnen mit schwarzen Augen, Lust und Leben, Liebe und Leidenschaft um Dich her, – so schliefst Du ein. Du erwachst: die Morgensonne fällt ins Zimmer, alles öd und leer, im Winkel Scherben, ein niedergebranntes Licht spricht von vergangener Lust, und eine verschlafene Magd kehrt aus – *das* ist ein Londoner Sonntag.

Wir gehen den »Strand« hinunter; Glockenklang und Sonnenschein sind in der Luft und bieten uns die Wahl. Wir sind nicht von den Unkirchlichen: aber die Sonne ist seltner in London als die Kirche, und wir fürchten die Eifersucht jener fast mehr noch als dieser: so denn hinaus in Wald und Feld. Aber wohin? Da rollt zu guter Stunde ein Omnibus an uns vorüber und wir lesen in goldnen Lettern »*Richmond*«. Ja, Richmond! doch wir sind Deutsche, und eh wir uns noch bestimmt entschieden haben, ist Kutscher und Kondukteur uns aus dem Gesicht, und nur das goldne »Richmond« leuchtet noch von fern wie ein Stern der Verheißung.

Ja, nach Richmond! aber zu Wasser. Wir biegen, nach Süden zu, in die Wellington-Straße ein, erreichen die Waterloo-Brücke, werfen einen flüchtigen aber bewundernden Blick auf diese steinerne Linie, die über den Fluß läuft, und steigen dann rasch die Stufen zu einer jener schwimmenden Inseln hinab, die, aus Pontons gezimmert, rechts und links an den Ufern der Themse auftauchen und die Stationen bilden für eine Flotte von Steamern. Schon läutet's; beeilen wir uns. Es ist die »Wassernixe«, die eben anlegt; das Billet ist rasch gelöst und der nächste Augenblick sieht uns unter viel hundert geputzten Menschen, alle entschlossen, wie wir selbst, die »Wassernixe« zur Arche Noäh zu machen, die uns der Sündflut einer Londner Sonntagslangweil entführen soll. (...)

Der Steamer inzwischen hält Wort: er ist eine »Nixe« und die Flut sein befreundet Element. Durch die Brücken hindurch geht es stromauf, vorbei an Palästen und Kirchen, die ihre Türme im Wasser spiegeln, vorbei an Westminster und Parlament, an Vauxhall und Chelsea, bis endlich die dichte Steinmasse zu armen, vereinzelten Häuschen wird, ähnlich der kleinen Münze, die weit über den Tisch läuft, wenn irgendwo ein Reichtum ausgeschüttet wird. Endlich verschwinden auch diese; nur Wiesen und Weiden noch zu beiden Seiten, bis plötzlich der Steamer hält: wir sind in Kew.

Von hier bis Richmond ist nur ein Spaziergang. Wir haben kein Auge für das Winken des Omnibuskutschers, der eben an uns vorüber fährt: Gärten rechts und Hecken links, so machen wir uns auf den Weg. Keine Stunde – und Weg und Stadt liegen bereits hinter uns; noch wenig Schritte bergan, noch dieses Tor, und wir sind in Richmond-Park. Unter allen Weibern sind das die reizendsten, die sich zu verschleiern und zu rechter Stunde, wie Turandot, auszurufen wissen: »Sieh her, und bleibe deiner Sinne Meister!« Es ist mit den Landschaften wie mit den Weibern; wer das nicht glauben will, der verliebe sich oder gehe nach Richmond. Wir sind in den Park getreten; der Kiesgang vor uns, die Buchen- und Rüsterkronen über uns verraten nichts Außergewöhnliches; gleichgültig, mit unsern Gedanken weit fort, gleiten unsere

Finger an dem Eisengitter entlang, bis plötzlich ein Luftzug uns anweht und wir aufblicken. Wir stehen an einem Abhang, der ein »hängender Garten« ist. Weiß- und Rotdorn, mit ihrer Blütenfülle das dunkle Grün ihres Blatts verdeckend, tauchen wie Blumen-Inseln aus dem leisebewegten Grasmeer auf; wie ein Sinnbild des Reichtums dieser Fluren webt der Goldregen seine üppig gelben Trauben in dies Bild, und Fußpfade schlängeln sich rechts und links wie ausgestreckte Arme, die Dich einladen, Teil zu nehmen an all dem Glück. So reich die Nähe, aber reicher noch die Ferne. Am Fuß des Abhangs dehnt sich ein weites Tal, drin Rasen und Ginster sich um den Vorrang streiten, Laubwald, hoch und dicht, umschreibt einen grünen Kreis um so viel Lieblichkeit, und das blaue Band der Themse, bedeckt mit Inseln und Böten, gleitet mitten hindurch wie ein Streif herabgefallenen Himmels. Frischer weht der Wind, würziger wird die Luft, tiefer sinkt die Sonne, aber immer noch stehst Du, die Hand am Gitter, und blickst hinunter und atmest und träumst.

Der Park ist weit und groß; Du durchwanderst ihn nach allen Seiten, freust Dich an den Herden, die darin lagern, an den Schmetterlingen, die ihn durchfliegen, und den bunteren Menschen, die ihn durchziehn; aber in Deiner Seele lebt immer noch jenes erste Bild, wie die Klänge einer bewältigenden Melodie, die man am Abend hörte und noch am Morgen summen muß, man mag wollen oder nicht. Die fröhliche Menge eilt zu Ball- und Kricketspiel, zu Jahrmarkt und Polichinell; Du aber steckst, wie die Plantagenets taten, einen Ginsterzweig an Deinen Hut, und, im Vorübergehen, aus dem Becher dieses Richmond-Tales noch einmal trinkend und Dich mühsam losreißend wie aus Freundesarm, kehrst Du zurück an das große Schwungrad der Welt, das sich London nennt, und gibst Dich aufs neue ihm hin, mutig, aber Dir selber unbewußt, ob es Dich fördern oder zermalmen werde.

Hermann Lenz

Radfahrt

Nach der Schule zogen wir die Räder
Hastig aus der Kammer. Stiegen auf,
Fuhren, daß die Schläfen vom Geäder
Pochten bei gespannter Fahrt bergauf.

Rissen heiße Kleider von den Füßen.
Einem schnitt das scharfe Gras die Hand,
Und wir wuschen ihm erschreckt im süßen
Most die Wunde an der Weinbergwand.

Knirschten wieder unsre blanken Räder,
Dünne Speichen sangen zart im Wind,
Klimperten verliebt und warm, bis später
Wir am Ufer lagen, müd und blind,

Blinzelten und hörten, wie von draußen
Kleine Welle lau im Schilfkraut rann,
Und begierig fingen wir zu schmausen
Nach genoßnem Bad im Sande an.

Wurzelfaser spülte lässig, leise.
Lila Muscheln weit ins Schilf gestreut.
Grille flüsterte die kleine Weise
Des August, der nie so rot wie heut.

Franz Hohler

Eine Waldreiche Geschichte

In der besten aller möglichen Welten, meine Lieben, in der besten aller möglichen Welten gibt es fast nur Bäume.

Ein Baum reiht sich an den andern, nichts als Bäume, Bäume und Bäume, so weit das Auge blickt. Ihr müßt euch vorstellen, daß dort, wo sonst eine Autobahn durchgeht, Bäume stehen, auch dort, wo sonst eine Turnhalle ist, wachsen einfach Bäume, und dort, wo gewöhnlich eine Münzpräganstalt steht, steht in der besten aller möglichen Welten keine Münzpräganstalt, sondern ein kleiner Wald.

Ist das eine Luft, sag ich euch! Ihr kennt die Frische eines Waldes, in den die Sonne schräg hineinscheint, durch das Grün des Laubes vielfach gebrochen, und wenn dazu die Vögel zwitschern … genau so muß es in der besten aller möglichen Welten sein. Vielleicht ist es nicht ganz so lichtvoll wie in einem gewöhnlichen Wald, denn dieser Wald wächst natürlich sehr stark, und an seiner Oberfläche spielt sich ein steter Kampf um die sonnigen Plätze ab. Die Blätter und Äste der verschiedenen Bäume verschränken sich dermaßen, daß kaum mehr Licht oder Regen durchdringt, und unten, in der Geborgenheit, rankt sich ein Stamm um den andern, da kommt es zu Querwüchsen und Verkeilungen, man sieht sogar Bäume, die ihre Wurzeln ins oberste Astwerk eines andern Baumes schlagen und abwärts wachsen. In die Wurzeln dieser kopfstehenden Bäume aber nisten sich neue Wurzeln von gewöhnlich wachsenden Bäumen ein, und so entsteht langsam über dem eigentlichen Wald ein zweiter Wald, und nichts spricht dagegen, daß mit der Zeit nicht noch weitere Wälder darüberwachsen.

Von den bei uns üblichen Tieren sind in der besten aller möglichen Welten viele ausgestorben, der Wolf konnte nicht schnell genug laufen, weil er sich dauernd im Wurzelgeflecht verfing, die Hirsche blieben mit ihren Geweihen zwischen den Stämmen eingeklemmt, und die Elefanten sind richtiggehend zugewachsen, es erinnert nur noch hie und da eine rundliche Baumgruppe mit riesigen grauen Blättern an sie – es ist die Welt für wendige Tiere, die schlüpfen oder hüpfen können, der Waldrapp ist sehr verbreitet, auch die Baumeule und die Wurzelmaus sowie der lichtscheue Moosfrosch.

Menschen, das vergaß ich fast zu sagen, Menschen gibt es nur wenige in dieser Welt. Sie haben Mühe, sich zu finden und sind in der Form eher den Bäumen angeglichen, schlank und schmal, ihre Arme nehmen deutlich die Gestalt von Lianen an, und wenn sich einmal zwei gefunden haben, was selten vorkommt, weil sie meistens vereinzelt zwischen den Stämmen herumschleichen, wenn sich also zwei gefunden haben, schlingen sie ihre lianenartigen Arme umeinander und bleiben so stehen, ohne sich je wieder loszulassen. Bereits sind einige von ihnen fähig, Nahrung durch die Zehen aufzunehmen, und ihre Haare gleichen immer mehr kleinen Baumkronen.

Irgendwo aber, da bin ich sicher, irgendwo in dieser besten aller möglichen Welten sitzt ein Mann am Boden, ritzt mit einem Stein verworrene Pläne in eine Baumrinde und denkt Tag und Nacht über nichts anderes nach als über eine große Erfindung, die er Säge nennen wird.

Erich Kästner

Im Auto über Land

An besonders schönen Tagen
ist der Himmel sozusagen
wie aus blauem Porzellan.
Und die Federwolken gleichen
weißen, zart getuschten Zeichen,
wie wir sie auf Schalen sahn.

Alle Welt fühlt sich gehoben,
blinzelt glücklich schräg nach oben
und bewundert die Natur.
Vater ruft, direkt verwegen:
»'N Wetter, glatt zum Eierlegen!«
(Na, er renommiert wohl nur.)

Und er steuert ohne Fehler
über Hügel und durch Täler.
Tante Paula wird es schlecht.
Doch die übrige Verwandtschaft
blickt begeistert in die Landschaft.
Und der Landschaft ist es recht.

Um den Kopf weht eine Brise
von besonnter Luft und Wiese,
dividiert durch viel Benzin.
Onkel Theobald berichtet,
was er alles sieht und sichtet.
Doch man sieht's auch ohne ihn.

Den Gesang nach Kräften pflegend
und sich rhythmisch fortbewegend
strömt die Menschheit durchs Revier.
Immer rascher jagt der Wagen.
Und wir hören Vatern sagen:
»Dauernd Wald, und nirgends Bier.«

Aber schließlich hilft sein Suchen.
Er kriegt Bier. Wir kriegen Kuchen.
Und das Auto ruht sich aus.
Tante schimpft auf die Gehälter.
Und allmählich wird es kälter.
Und dann fahren wir nach Haus.

Horst Krüger

Meine Mainschleife

Meine Liebe! Sie in Ihrem fernen New York wollen wissen, was Sie erwartet? Sie haben einen Europa-Trip gebucht? Lassen Sie sich ruhig von Ihrer Reisegesellschaft durch den Kontinent karren: Rom, Paris, Amsterdam, München. Wenn Sie Ihr Programm absolviert haben, wenn Sie fertig sind mit all den sogenannten Sehenswürdigkeiten, am letzten Tag, wenn Sie ohnehin hier in Frankfurt sind, werde ich Ihnen ein Deutschland zeigen, das man mit Pan American nicht buchen kann. Es wird nur einen Tag dauern, einen schönen. Er soll eine Art Denkzettel werden für Sie. Ich werde Ihnen ein Land zeigen, das gleich hinter Frankfurt liegt, wo Bayern beginnt. Solche Grenzzonen sind wichtig. Ich werde Ihnen meine Mainschleife zeigen, mein Lieblingskind, einen deutschen Bilderbogen, und Sie werden sagen: Really, that's Germany – lovely!

Sie wissen, daß Frankfurt in Hessen liegt? Sie wissen, daß jedenfalls dies Stück hier zwischen Offenbach und Hanau schrecklich zersiedelt, ziemlich kaputt, eben häßlich ist? Der Name sagt alles. Das riecht hier alles nach Coca-Cola, nach Henninger Bier und deutscher Tüchtigkeit. Das schwitzt und stampft vor Kraft. Es ist sehr amerikanisch – wem sage ich das. Aber wenn wir nach zwanzig Minuten den Freistaat Bayern erreichen, werden Sie wundersame Verwandlungen erleben. Wäre ich katholisch, so würde ich mich genau auf der Mainbrücke vor Aschaffenburg heimlich bekreuzigen. Gegrüßet seist du, Maria, würde ich sagen, eingedenk all der Madonnen, die uns erwarten. Der Main zum Beispiel, der hier in Frankfurt nur noch eine breite, tote Dreckbrühe ist, wird wieder zu leben beginnen. Er wird schmaler, schlanker, ein schöner Fluß, von grünen Ufern umsäumt. Er wird ferienhaft, urlaubsreif. Menschen, die auf Wiesen liegen, Campingvergnügen. Das leuchtet und blüht plötzlich. Ist es kein Wunder?

Weiter: die neue, andere Kulturlandschaft, in die wir nun hineinfahren. Ich will nicht behaupten, daß in Aschaffenburg schon der Balkan begänne. Der beginnt, wie Sie wohl wissen, erst in Ulm. Aber Sie werden es spüren: Hessen, häßlich, fällt ab, plötzlich erreichen wir Zipfel einer anderen Kultur. Soll ich nun sagen: Süddeutschland, Österreich, Wien, die uralte Habsburgwelt weht uns an? Es ist übertrieben, aber tatsächlich beginnt schon in Aschaffenburg jenes große, strahlende Reich des Barocks, das dann bis Prag, bis Wien, ach, bis Ungarn und noch weiter reicht. Die alte Mainbrücke in Würzburg ist natürlich ein Vorgeschmack der Karlsbrücke in Prag. Die gotischen Türme von Nürnberg erinnern auch schon an Prag. Die Donau rauscht. Reste eines großen historischen Zusammenhangs werden sichtbar und dazwischen mein Lieblingskind. Es wird uns plötzlich mit einem Reichtum überschütten, der verwirrt. In den winzigsten Nestern, die man immer verwechselt als Fremder, werden Sie Perlen der Kunst finden: Kirchen, Schlösser, Burgen. Das liegt hier einfach so rum: eine schöne Spielzeugschachtel für Kenner.

In Miltenberg, der ersten Mainschleife, werden wir Rast machen. Es wird etwas mühsam sein, einen Parkplatz zu finden, aber dann, wenn wir uns dort am Mainufer etwas die Füße vertreten haben, werden Sie staunen. Ich werde Ihnen ein kleines, mittelalterliches Städtchen präsentieren, wie Sie es höchstens aus Hollywood-Filmen kennen. Spitzgieblige, hohe Fachwerkhäuser, mit vielen Erkern und Türmchen geschmückt. Die Häuserfronten sind hellgelb bis weiß. Das Fachwerkholz rötlich bis braun. Und wenn wir dann vor dem Schnatterloch stehen, werden auch Sie dankbar anerkennen, daß wenigstens diese Nester der alliierten Bombergeschwader nicht für würdig befunden wurden, damals. Gott oder der US Air Force sei es gedankt, noch heute. Wir werden dann im Hotel zum Riesen Mittag essen, zum erstenmal Frankenwein kosten, herb.

Unser nächster Ort heißt Wertheim. Ob der Name etwas mit dem Berliner Kaufhaus zu tun hat, weiß ich nicht. Ich halte es immerhin für möglich. Wertheim war eine alte Kaufmannsstadt. Daß es hier am Rande schlimme Beispiele für falschen Wohnungsbau gibt, braucht uns nicht zu interessieren. Sie sollen es nur wissen. Daß Kenner das Städtchen das Fränkische Koblenz nennen, ist auch nicht wichtig. Solche Vergleiche sind immer schief. Ich erinnere Sie nur an das Wort Klein-Chicago für Frankfurt. Wenn die Leute hier wüßten, wie gewaltig und schön Chicago ist. Es ist für mich nach San Francisco die schönste Stadt in den Staaten. Tatsächlich mündet in Wertheim die Tauber in den Main.

Wir werden wieder durch ein Mittelalter gehen, zuckersüß für Touristen. Wir werden auf dem Marktplatz stehen, einer breiten Straße mit herrlichen Fachwerkhäusern. Wir werden den kostbaren Engelsbrunnen mit seinen vielen Figuren besichtigen. Ich werde Sie auf den roten Sandstein hinweisen, der hier zu Hause ist. Der schönste Ziehbrunnen im Mainfränkischen, sagt man. Sie wird das denkbar ermüden. Wir werden es trotzdem bis oben schaffen. Wir werden im Schatten einer gewaltigen Wehrburg draußen auf Klappstühlen sitzen und Kaffee trinken. Ich werde dann nicht vom heiligen Kilian anfangen, was jetzt notwendig wäre, theologisch gesehen. Ich werde Sie nach Kissinger fragen, Sir Henry, dem Franken aus Washington. Was ist mit Amerika? Mir ist diese blauäugige Jeansfröhlichkeit Jimmy Carters jetzt etwas unheimlich. Ich sorge mich. Ich wünsche mir, Sie könnten die Mainschleife so lieben wie ich Ihre Staaten.

Mein Brief geht dem Ende zu. Ich muß sehr vieles auslassen. Nur dies sei gesagt: Ganz zum Schluß, wenn die Sonne schon untergeht, werden wir in Volkach auf dem Stationsweg zur Kapelle Maria im Weingarten hochpilgern. Das klingt alles so fromm, sehr katholisch. Ich bin das nicht. Ich bin ein Liberaler, ein Ketzer aus Preußen. Mich hätte man früher hier verbrannt oder doch wenigstens etwas gefoltert, des bin ich sicher. Wir werden trotzdem die stille Kirche auf dem Weinberg betreten. Dort hängt sie, mit Blaulicht und Martinshorn jetzt gut gesichert: Riemenschneiders schönste Frauengestalt, Maria im Rosenkranz. Sie schwebt lebensgroß in einem weiten Oval, das aus einem Kranz geschnitzter Rosen besteht. Weißes Lindenholz, jetzt bräunlich. Der leicht geneigte Kopf, die viel zu langen Finger, das weite Gewand und wie sie fast schwerelos den Sohn hält: ein vollkommenes, ein makelloses Bild junger Mütterlichkeit. Das war das Hochbild der Frau hier in Franken.

Und dann? Dann werden wir nach dem Nachtessen über die Autobahn zurückfahren. In anderthalb Stunden sind wir wieder in Frankfurt. Und irgendwo unterwegs im Dunkel unseres Autos werde ich sagen: So, jetzt können Sie getrost nach Manhattan zurück. Vergessen Sie Heidelberg, Rüdesheim und die Drosselgasse. Sie haben ganz tief Deutschland gesehen: in Volkach zum Beispiel.

Ludwig Fels

Fluchtweg

Einen Sommer lang gehn
durch Heide und über Gebirg
sich vom Wegrand ernähren
segeln durch wogendes Getreide
immer den Vögeln nach und den Sonnen
bevor sie ausgerottet sind.
Man muß erfahren haben
welche Welt vergeht.

Verreisen Sie?

Sehnsucht

Es schienen so golden die Sterne,
Am Fenster ich einsam stand
Und hörte aus weiter Ferne
Ein Posthorn im stillen Land.
Das Herz mir im Leibe entbrennte,
Da hab' ich mir heimlich gedacht:
Ach, wer da mitreisen könnte
In der prächtigen Sommernacht!

Joseph von Eichendorff

Klaus Modick

Das geht ja gut los

Fahren fahren fahren. Durch den Tag, durch die Nacht, durch den Tag. Fahren fahren fahren. Und ich bin so müde geworden und meine Augen so klein. Trudi liegt hinten im VW-Bus und döst halbschlafend vor sich hin. Wenn wir nur einen Tag früher gestartet wären, könnten wir uns jetzt die pausenlose Gurkerei sparen. Fahren fahren fahren. Morgen früh müssen wir am Hafen von Marseille sein, um unsere Fähre nach Marokko zu erwischen. Zum Glück läuft der Motor wieder besser, fast schon verdächtig gut. Leise und ohne das seltsame Stockern, das er bei hohen Geschwindigkeiten vor einigen Stunden noch von sich gegeben hat. Der Tankwart in Millau hat davon geredet, daß vielleicht die Benzinleitung verdreckt sei. Es könne aber auch irgend etwas anderes sein. Er hat vorgeschlagen, sich den Motor genauer anzusehen, aber natürlich nicht mehr heute. Natürlich nicht. Vielleicht morgen, vielleicht übermorgen, je nachdem, wie's seine Zeit erlaube. Diese Franzosen … »Quatsch«, hat Trudi bestimmt. »Das kann gar nichts Schlimmes sein. So alt ist die Kiste auch wieder nicht. Der Typ denkt wohl, er kann uns doofen deutschen Touristen 'nen heilen Motor auseinandernehmen, sagen, es sei alles in Ordnung, das Ding wieder zusammenbauen und dann die dicke Kohle kassieren. Nix. Wir fahren weiter. Willst du vielleicht die Fähre verpassen?« Abgesehen davon, daß ich das auch nicht will, hat Trudi offenbar schon wieder recht. Kurz hinter Millau lief der Wagen wieder normal. Und jetzt kommt es mir so vor, als laufe der Motor sogar leiser, schneller als je. Aber das mag auch daran liegen, daß mir das Fahren auf einmal wieder Spaß macht. Wenn man Stunden und Stunden hinter sich hat, den toten Punkt überwunden, gerät man in eine Art Rausch. Trudi kennt das auch: sie nennt es den »Fahrbock«. Alles geht wie von selbst. Man spürt kaum noch die Hand am Lenkrad, und ob man überhaupt abgebremst und runtergeschaltet hat vor der letzten Kurve weiß man in der nächsten schon nicht mehr.

Die Straße glüht im Licht der schräg von vorn, direkt in die Augen einfallenden Sonne, gegen deren Kraft die Sonnenbrille so hilflos ist, wie die des Windes gegen die Felsmassen der Schlucht, durch die die Serpentinen sich schlängeln; so hilflos, wie die Wirklichkeit gegen die Vorstellungskraft. Kuriose Gedanken. Ich beginne, mit offenen Augen zu träumen, reiße mich wieder zusammen. Neben der schmalen Fahrbahn schießt die Dourbie dahin, Stromschnellen bildend, sich über Katarakte und Felsengen drängend, schäumend im Anprall gegen grünmoosige sonnenglänzende feuchtigkeitstriefende Steine, die sich ihr in den Weg stellen auf dem Weg zum Meer. Nach Marseille.

Im Zuge solcher abwegigen Betrachtungen, die meine Blicke von der Fahrbahn ziehen, habe ich fast einen Pfeiler der kleinen Brücke mitgenommen, die ich erst sehe, und zwar im Rückspiegel, als ich schon drüber weg bin. Es ist höchste Zeit für einen Fahrerwechsel. Trotz Fahrbock. Trudi döst selig vor sich hin, während ich unter äußerster Konzentration allerschwierigste Streckenabschnitte zu bewältigen habe. Ungerecht. Andererseits, und deshalb fahre ich immer weiter, können Männer, Gleichberechtigung hin, Rollenklischees her, einfach besser autofahren als Frauen. Erfahrungssache. Im Rückspiegel nicke ich Trudi gönnerhaft zu. Schlaf weiter, Mädchen …

Pinien, verkrüppelte Eichenbüsche krallen sich in die fast senkrechten Felswände. Bizarre Verrenkungen. Und mein verspannter Rücken gibt keine Ruhe, gleich, welcher Arschbacke ich mein Körpergewicht anvertraue. Es ist alles verspannt. Auch mit oder zwischen Trudi und mir. Ihre Tage hat sie auch noch. Den Bäumen der Schlucht gibt die Sonne hellweiße Ränder. Gloriolen. Wesen aus einer anderen Welt, aus der Natur.

»Hallo Natur«, murmle ich vor mich hin, »lange nicht gesehen.«

»Hast du was gesagt?« gähnt Trudi verschlafen von hinten.

Ab und zu Gegenverkehr, meist Caravanzüge, viele mit deutschen Kennzeichen. Von Süden der letzte Schwall der ferien- und urlaubsberechtigten Bundesbürger strömt zurück von den Sardinenbüchsen der Mittelmeerküsten-Hotels in die Streichholzschachteln und Schuhkartonwohntürme der Wohnsilos, zurück in die Städte, zurück ins normale Leben, das sie im Grunde gar nicht verlassen haben. Nur ein Ortswechsel. Und ausgerechnet der langsamste aller Caravan-Züge dieser Welt fährt in unserer Richtung, und natürlich direkt vor meiner Nase. Alles Spießer mit Schrebergartenmentalität. Warum hat er sich nicht gleich zwei Anhänger drangehängt. Und vielleicht noch ein Begleitfahrzeug für die Ersatzteile. Wenn dieser Depp nicht weiß, wie ein Motor von innen aussieht … Nun ja, zugegeben. Wer weiß das schon genau. Entfremdeter Bürohengst, Weißkittel, gib doch mal Stoff, du Oberlehrer. Wichser. Nicht, daß ich ein sonderlich aggressiver Fahrer … Die Strecke ist plötzlich frei. Also mal eine kleine Demonstration, was ich noch in petto habe. Erstmal im dritten auf Blickkontakt, tja Opa, da staunste. Jetzt den vierten und wrumm und vorbei. Voll vernascht, den Schleicher. Elegant gemacht, mein Bester.

So. Wie heißt doch gleich das Kaff hier? La Roque Ste. Marguerite, aha. Klingt hochromantisch. Paßt gut in die Landschaft. Doch nichts lenkt den gesunden Menschenverstand und die Konzentration eines Autofahrers so ab wie geographische Ortsnamen, geladen mit alter Sehnsucht und bepackt mit tausend Gedankenverbindungen. Und wenn man hinkommt, ist alles halb so schön. Marokko … Aber wer traut sich denn, das zu sagen? Und hoppla! Den Traktor hätte ich fast übersehen. Knapp vorbei ist auch vorbei.

Nach einer Haarnadelkurve öffnet sich plötzlich die Schlucht und läuft in eine weite Ebene aus, an deren Rändern die Felsen gemächlicher die Hänge emporziehen. Im Osten, jenseits des Flusses, ragt ein einsamer Felsen steil aus den Wiesen, die hier die Dourbie satt und breit säumen. Nur an einer Seite ist dieser Felsen mit dem Rand des Talkessels und der sich anschließenden Hochebene verbunden. Ein Wegweiser. Cantobre 2 km. Eine kleine Brücke über den Fluß, eine Straße dreht sich in abenteuerlichen Windungen zum Felsen hinauf. Ein Dorf klebt oben wie ein Vogelnest. Müßte schön sein, von dort ins Tal, über den Fluß, zu blicken.

»Trudi, guck mal schnell! Da. Da links!«

»Was? Wo? Ach ja. Schöööön. Schloß Gripsholm.«

»Schloß was?«

»Ach nix. Ich hab gerade geträumt …«

Dann ist es vorbei. Die Schlucht schließt sich wieder. Die Sonne ist über ihren Rand gesunken, aber die Bäume, die Felsen, der Fluß scheinen sie noch auf sich zu spüren. Sie glühen ockergelb, obwohl sie nun schon seit Minuten im Schatten liegen. Es flimmert mir vor den Augen.

Trudi kommt auf den Beifahrersitz geklettert.

»Wie spät ist es denn?«

»Kurz vor sechs.«

»Und wo sind wir jetzt?«

»Kurz vor Nant.«

»Aha«, sagt sie, holt die Karte aus der Ablage, sucht mit dem Finger darauf herum und gibt weitere »Ahas« und »Hmhms« von sich.

»Soll ich mal wieder?«

Ich schüttele heroisch den Kopf. Wir passieren Nant. Auf den trottoirlosen Dorfstraßen Kinder, alte Leute, Hunde.

»Ziemlich trostlos hier«, sage ich.

»Wieso? Ist doch romantisch.«

Am Ortsausgang wird die Straße breiter und besser. Während ich in den dritten Gang hochschalte, ist auch wieder die Sonne da. Die Schlucht ist vorbei. Das Abendlicht liegt milde auf dem Asphalt. Und da fängt der verdammte Motor wieder zu stockern an, jetzt aber in ganz ungewohnter Heftigkeit. Trudi sieht ängstlich nach hinten.

»Kurt, es geht wieder los. Was ist bloß mit der Karre?«

Als ob ich das wissen könnte! Ein erbärmliches, metallisches Knirschen und Scheuern. Der Motor wird für einen Augenblick schneller, dann beständig langsamer, dann ganz ruhig, stockt, bockt, rollt lautlos noch zwanzig Meter, steht. Nach allem, was ich von Autos und Motoren weiß, und ich weiß so gut wie gar nichts, hat uns der berühmt-berüchtigte Kolbenfresser ereilt.

Das geht ja gut los.

Günter Kunert

Unterwegs mit M.

Im Auto gemeinsam
unterwegs auf vergessenen Straßen
geborstene Wespen am Glas
platzender Regen
Sonne und Dunkelheit
und wieder Sonne: Wechsel
weniger Worte. Abwesendes
Beieinandersein. Sorglos.
Glück.

Otto Julius Bierbaum

Lerne zu reisen, ohne zu rasen!

Reisen, sage ich, nicht rasen. Denn das soll schließlich, um es kurz zu sagen, der Zweck der Übung sein! Wir wollen mit dem modernsten aller Fahrzeuge auf altmodische Weise reisen, und eben das wird das Neue an unserer Reise sein. Denn bisher hat man das Automobil fast ausschließlich zum Rasen und so gut wie gar nicht zum Reisen benützt.

Das Wesentliche des Reisens ist aber keineswegs die Schnelligkeit, sondern die Freiheit der Bewegung. Reisen ist das Vergnügen, in Bewegung zu sein, sich vom Alltäglichen seiner Umgebung zu entfernen und neue Eindrücke mit Genuß aufzunehmen. Der Reisende im Eisenbahnwagen vertauscht aber nur sein eignes Zimmer, das er allein besitzt, mit einer Mietskabine, an der jeder Quidam teilhaben kann, und er gibt, statt Freiheit zu gewinnen, Freiheit auf. Schon darum ist dies gar kein Reisen. Der kilometerfressende »Automobilist« ist aber auch kein Reisender, sondern ein Maschinist. Das mag Verlockendes haben, wie jeder mit Lebensgefahr verbundene Sport, und ich begreife es, daß gerade die Reichsten der Reichen sich die Sensation gerne verschaffen, auf bisher noch nicht dagewesene Manier das Genick zu brechen. Aber mit der Kunst des Reisens hat das so viel zu tun wie die Schnellmalerei mit der Kunst Böcklins.

Kurt Tucholsky

Luftveränderung

Fahre mit der Eisenbahn,
fahre, Junge, fahre!
Auf dem Deck vom Wasserkahn
wehen deine Haare.

Tauch in fremde Städte ein,
lauf in fremden Gassen;
höre fremde Menschen schrein,
trink aus fremden Tassen.

Flieh Betrieb und Telefon,
grab in alten Schmökern,
sieh am Seinekai, mein Sohn,
Weisheit still verhökern.

Lauf in Afrika umher,
reite durch Oasen;
lausche auf ein blaues Meer,
hör den Mistral blasen!

Wie du auch die Welt durchflitzt
ohne Rast und Ruh –:
Hinten auf dem Puffer sitzt
du.

Mark Twain

Wie man einen Fremdenführer fertig macht

Fremdenführer können gerade genug Englisch, um alles so zu verdrehen, daß man nicht daraus klug wird. Sie kennen ihre Geschichte auswendig – die Geschichte jeder Statue, jedes Gemäldes, jeder Kirche oder jedes anderen Wunderdings, das sie einem zeigen. Sie kennen sie und erzählen sie, wie sie ein Papagei herplappern würde – und wenn man sie unterbricht und sie aus dem Konzept bringt, müssen sie zurück und wieder von vorn anfangen. Ihr ganzes Leben lang sind sie damit beschäftigt, Ausländern seltsame Dinge zu zeigen und den Ausbrüchen ihrer Bewunderung zu lauschen. Es liegt in der menschlichen Natur, daß man gern Bewunderung erregt. Das ist es, was Kinder veranlaßt, »kluge« Antworten zu geben und blödes Zeug anzustellen und in anderer Weise anzugeben, wenn Besuch da ist. Das ist es, was die Klatschbasen dazu bringt, in Regen und Sturm auszugehen, um als erste eine erstaunliche Neuigkeit berichten zu können. Man bedenke also, welche Leidenschaft das bei einem Fremdenführer werden muß, dessen Vorrecht es ist, täglich Fremden Wunderdinge zu zeigen, die sie in einen wahren Taumel der Begeisterung versetzen! Es kommt schließlich so weit, daß er überhaupt nicht mehr fähig wäre, in einer nüchternen Atmosphäre zu leben. Nachdem wir dies entdeckt hatten, gerieten wir *niemals* wieder in Ekstase – wir bewunderten niemals mehr etwas – wir zeigten in Gegenwart der erhabensten Wunder, die ein Führer vor uns ausbreitete, stets nur undurchdringliche Gesichter und stumpfe Gleichgültigkeit. Wir hatten ihren wunden Punkt gefunden. Wir haben seither guten Gebrauch davon gemacht. Wir haben gelegentlich einige dieser Leute zur Raserei gebracht, aber wir haben niemals unsere eigene Gelassenheit verloren.

Gewöhnlich stellt der Doktor die Fragen, weil er seine Miene beherrschen und mehr wie ein begnadeter Idiot aussehen und mehr Geistesschwäche in den Tonfall seiner Stimme legen kann als jeder andere lebende Mensch. Das liegt ihm.

Die Fremdenführer von Genua finden immer Freude daran, sich eine amerikanische Reisegesellschaft zu angeln, weil Amerikaner vor jeder Reliquie des Kolumbus so sehr staunen und so freigebig mit Gefühl und Rührung umgehen. Unser dortiger Führer zappelte umher, als hätte er eine Sprungfedermatratze verschluckt. Er war voller Leben – voller Ungeduld. Er sagte:

»Kommt mit mir, meine Heeren! – kommt! Ich zeige Ihnen den Brief schreiben von Christoph Kolumbus! – schreibt selbst! – schreibt mit seine eigene Hand! – kommt!«

Er führte uns zum Ratspalast. Nach vielem eindrucksvollem Schlüsselrasseln und Schlösseraufschließen wurde uns das fleckige und bejahrte Dokument hingehalten. Die Augen des Fremdenführers funkelten. Er tanzte um uns herum und pochte mit dem Finger auf das Pergament:

»Was ich sage Ihnen, meine Heeren! Ist nicht so? Seht! Handschreiben Christoph Colombo! – schreibt selbst!«

Wir guckten gleichgültig hin – unbeteiligt. Der Doktor prüfte das Dokument sehr bedächtig, während einer peinlichen Pause. Dann sagte er, ohne das geringste Interesse zu bezeigen:

»Ach, Ferguson – wie – wie, sagten Sie, war der Name der Person, die das schrieb?«

»Christopher Colombo! der große Christopher Colombo!«

Eine weitere bedächtige Prüfung.

»Ach – schrieb er es selbst, oder – oder wie?«

»Er schreibt selbst! – Christopher Colombo! sein ist eigenes Handschreiben, schreiben von ihm selbst!«

Dann legte der Doktor das Dokument nieder und sagte:

»Na, ich habe in Amerika vierzehnjährige Jungen gesehen, die besser schreiben konnten als das hier.«

»Aber dies ist der große Christo ...«

»Mir egal, wer es ist! Es ist die schlechteste Schrift, die ich je gesehen habe. Sie dürfen nicht glauben, daß Sie uns was vormachen können, nur weil wir Fremde sind. Wir sind durchaus keine Blödiane. Wenn Sie irgendwelche Exemplare wirklich wertvoller Schreibkunst haben, so führen Sie sie vor! Und wenn Sie keine haben, fahren Sie weiter!«

Wir fuhren weiter. Der Führer war ziemlich erschüttert, aber er machte einen weiteren Versuch. Er hatte etwas, wovon er glaubte, es würde uns überwältigen. Er sagte:

»Ah, meine Heeren kommt mit mir! Ich zeige Ihnen schöne, oh, prächtige Büste Christopher Colombo! Heerlich, großartig, prächtig!«

Er brachte uns vor die schöne Büste – denn sie war wirklich schön –, sprang zurück und nahm eine Pose an.

»Ah, seht, meine Heeren! – schön, großartig – Büste Christopher Colombo! – schöne Büste, schöner Sockel!«

Der Doktor setzte sein Augenglas ein – ausdrücklich für solche Gelegenheiten angeschafft: »Äh, wie, sagten Sie, lautet der Name dieses Herrn?«

»Christopher Colombo! der große Christopher Colombo!«

»Christopher Colombo – der große Christopher Colombo. Na, was hat *der* denn getan?«

»Entdeckt Amerika! – entdeckt Amerika, ach, zum Teufel!«

»Amerika entdeckt. Nein – diese Angabe ist kaum stichhaltig. Wir sind selbst gerade aus Amerika angekommen. Wir haben nichts davon gehört, Christopher Colombo – angenehmer Name – ist – ist er tot?«

»Oh, corpo di bacco! – dreihundert Jahre!«

»Woran starb er?«

»Ich weiß nicht! – ich kann nicht sagen!«

»Pocken vielleicht?«

»Ich weiß nicht, meine Heeren! – ich weiß nicht, an *was* er stirbt!«

»Masern etwa?«

»Kann sein – kann sein – ich weiß *nicht* – ich denke, er stirbt an irgendwas.«

»Leben die Eltern noch?«

»Un-mög-lich!«

»Äh – welches ist die Büste und welches der Sockel?«

»Santa Maria! – *dies* Büste – *dies* Sockel!«

»Aha, ich verstehe, ich verstehe – gelungene Kombination – wirklich, sehr gelungene Kombination. Ist – ist es das erste Mal, daß dieser Herr auf einer Büste war?«

Dieser Witz entging dem Ausländer – die Feinheiten des amerikanischen Witzes sind für Fremdenführer zu hoch.

Wir haben es diesem römischen Fremdenführer recht interessant gemacht. Gestern verbrachten wir wieder drei oder vier Stunden im Vatikan, dieser wundervollen Welt von Raritäten. Manchmal waren wir sehr nahe daran, Interesse – sogar Bewunderung – zu äußern, es war sehr schwer, das zu unterdrücken. Wir haben es aber geschafft. In den Museen des Vatikans hatte das noch niemand vermocht. Der Führer war verwirrt, ratlos. Er lief sich beinahe die Beine ab, indem er außerordentliche Dinge aufstöberte, und erschöpfte seinen ganzen Scharfsinn an uns, war aber alles umsonst; wir zeigten niemals ein Interesse an irgend etwas. Er hatte bis zuletzt mit dem zurückgehalten, was er als sein größtes Wunderding betrachtete – einer königlichen ägyptischen Mumie, vielleicht der besterhaltenen der Welt. Er führte uns hin. Er fühlte sich diesmal so sicher, daß etwas von seiner früheren Begeisterung zurückkehrte:

»Seht, meine Heeren! – Mumie! – Mumie!«

Das Augenglas kam so gelassen, so bedächtig wie immer hoch.

»Äh, Ferguson, wie, sagten Sie, lautet der Name des Herrn?«

»Name? – er hat keinen Namen! – Mumie! – gyptische Mumie!«

»Ja, ja. Hier geboren?«

»Nein! gyptische Mumie!«

»Ah, so. Franzose, nehme ich an?«

»Nein! – *nicht* Franzose, noch Römer! – in Egypta geboren!«

»In Egypta geboren. Nie etwas von Egypta gehört. Wahrscheinlich ausländische Ortschaft. Mumie – Mumie. Wie ruhig er ist – wie beherrscht. Ist, äh – ist er tot?«

»Oh, sacre bleu, tot gewesen dreitausend Jahr!«

Der Doktor wandte sich wütend zu ihm:

»Hören Sie mal, was soll denn das Benehmen heißen! Uns zum Narren halten, weil wir Fremde sind und lernen möchten! Zu versuchen, *uns* mit Ihren nichtswürdigen, antiquarischen Kadavern zu imponieren! Donner und Doria, ich habe Lust, zu … zu … Wenn Sie eine nette *frische* Leiche haben, holen Sie sie raus – oder, wahrhaftig, wir schlagen Ihnen den Schädel ein!«

Wir machen es diesem Franzosen außerordentlich interessant. Er hat es uns jedoch teilweise zurückgegeben, ohne es zu wissen. Er kam heute morgen zum Hotel, um zu fragen, ob wir schon auf sind, und bemühte sich, uns zu beschreiben, so gut er konnte, damit der Wirt wüßte, wen er meinte. Er schloß mit der beiläufigen Bemerkung, daß wir Verrückte seien. Die Bemerkung kam so unschuldig und so aufrichtig heraus, daß es für einen Fremdenführer doch ganz vernünftig war.

Es gibt eine Bemerkung (wir haben sie bereits erwähnt), die bisher noch nie verfehlt hat, diese Führer anzuekeln. Wir gebrauchen sie immer, wenn uns nichts anderes zu sagen einfällt. Wenn sie ihre Begeisterung dadurch erschöpft haben, daß sie uns die Schönheiten eines alten nachgedunkelten Bildnisses oder einer Statue mit zerbrochenem Bein zeigten und priesen, schauen wir diese einfältig und schweigend fünf, zehn, fünfzehn Minuten lang an – tatsächlich so lange, wie wir es aushalten können – und fragen dann:

»Ist – ist er tot?«

Das macht die gelassensten von ihnen fertig. Das erwarten sie nicht – besonders nicht ein neuer Fremdenführer. Unser römischer Ferguson ist das geduldigste, harmloseste, langmütigste Subjekt, das wir bisher hatten. Es wird uns leid tun, uns von ihm zu trennen. Wir hatten viel Freude an seiner Gesellschaft. Wir hoffen sehr, daß er auch viel Freude an unserer hatte, aber uns plagen da Zweifel.

James Thurber

Osten, Süden, Norden, Westen – zu Hause ist's am besten

Als ich im Sommer 1937 in einem Londoner Buchladen herumstöberte, stieß ich auf ein kleines Buch mit dem Titel *Collins' Taschensprachführer: Französisch.* Obgleich speziell für den Gebrauch von Engländern im Zug, im Hotel, in Notlagen und in schwierigen Situationen geschrieben, ist dieses Werk für Amerikaner ebenso nützlich und – wie ich hinzufügen möchte – auch ebenso deprimierend. Ich kenne mehrere solcher Reisehelfer, aber keinen, der das lastende Gewicht, die düster geballte Macht des eben erwähnten Büchleins hätte. In einem Londoner Magazin berichtete ein Schriftsteller einmal von einem Sprachführer, der im zaristischen Rußland erschienen war und folgenden großartigen Satz enthielt: »Ach, mein Bester, unser Postillon ist vom Blitz getroffen worden!« Diese phantastische Katastrophe, die sich zweifellos sogar in der Zarenzeit recht selten ereignete, entbehrt nicht eines gewissen erregenden Charmes, verhält sich jedoch zu Mr. Collins' modernen Alltagskatastrophen wie Fragonard zu Daumier oder wie Harriet Beecher Stowe zu William Faulkner. Blättern wir einmal dieses beängstigende Bändchen durch.

Auf jeder Seite sind Redewendungen aufgeführt, eine unter der anderen, so daß sie wie Verszeilen wirken; rechts daneben steht jeweils die französische Übersetzung. So finden wir auf Seite 1 unter ANKUNFT IM HAFEN als erstes den Satz: »Gepäckträger, hier ist mein Gepäck!« – »*Porteur, voici mes bagages!*« Das klingt noch recht friedlich, aber von nun an folgt ein Unheil dem anderen, rasch und immer rascher, bis schließlich, wie man sehen wird, die Hölle losbricht. Der

Band enthält dreimal soviel Ausdrücke, die bei Komplikationen anzuwenden sind, wie solche für Fälle, in denen alles glatt geht. Das ist nach meinen Erfahrungen so ungefähr das richtige Verhältnis, doch möge mich Gott vor einigen der Schwierigkeiten bewahren, auf die Mr. Collins' melancholisches Epos den Reisenden vorbereitet. Ich lasse von nun an die französischen Übersetzungen aus, schon deshalb, weil Leute, die in ein derartiges Durcheinander geraten, ohnehin ihr bißchen Französisch vergessen und in ihrer Muttersprache losbrüllen. Außerdem würde das Französische den schönen freien Fluß der Redewendungen und das verpatzen, was sich nur als eine überwältigende und urtümliche Tragödie bezeichnen läßt. Wie gesagt, die Sätze stehen im Buch untereinander; ich werde sie jedoch in ununterbrochener Folge wiedergeben – wenn Sie wollen, können Sie sie natürlich in der ursprünglichen Anordnung herausschreiben.

Schon in dem Gesang IN DER ZOLLBARACKE spitzt sich die Lage zu. Da heißt es: »Ich kann meinen Koffer nicht aufbekommen. Ich habe die Kofferschlüssel verloren. Helfen Sie mir, diese Tasche zu schließen. Ich habe nicht gewußt, daß ich dafür bezahlen muß. Ich will nicht soviel bezahlen. Ich kann meinen Gepäckträger nicht finden. Haben Sie den Dienstmann Nr. 153 gesehen?« Diese letzte Frage halte ich für ein kleines Meisterstück schriftstellerischer Kunst, denn hier ist mit wenigen Worten das Bild eines Touristen umrissen, der wie ein verirrtes Kind in einem Gewirr von Koffern und Zollbeamten steht und verzweiflungsvoll nach einem von mindestens hundertdreiundfünfzig Gepäckträgern Ausschau hält. Wir ahnen es: Der Ärmste wird den Dienstmann Nr. 153 nie wiedersehen, die Tonart der Verzweiflung ist angeschlagen.

Schließlich gelangt unser Reisender (begleitet von seiner Frau, wie ich vermute) in den Zug nach Paris. Seine Kofferschlüssel hat er verloren, den Gepäckträger nicht gefunden, und nun wird es Zeit, in den Speisewagen zu gehen – obgleich er wahrscheinlich keinen Appetit hat, denn die Leute vom Zoll haben natürlich den Handkoffer aufbrechen müssen. Jetzt ist es offenbar seine Frau, die vom Unglück verfolgt wird: »Jemand hat sich auf meinen Platz gesetzt. Entschuldigen Sie, mein Herr, aber das ist mein Platz. Ich kann meine Karte für das Mittagessen nicht finden. Ich habe die Karte im Abteil liegenlassen. Ich muß sie suchen. Ich habe meine Handschuhe (mein Portemonnaie) im Speisewagen vergessen.« Aus diesen Worten spricht die irre Verstörung, die jedem, der im Ausland reist, so vertraut ist. Der nächste Abschnitt ist überschrieben: DER SCHLAFWAGEN. Er beginnt unheilverkündend mit »Was ist los?« und endet mit »Darf ich das Fenster öffnen? Könnten Sie bitte versuchen, das Fenster zu öffnen?« Wir sind uns natürlich im klaren, daß niemand imstande sein wird, es zu öffnen, und daß der Reisende und seine Frau halb erstickt in Paris eintreffen werden. Die Szene auf dem überfüllten Bahnsteig ist in prachtvoll sparsamer Linienführung gezeichnet: »Ich habe etwas im Zug liegenlassen. Ein Paket, einen Überzieher. Einen Regenmantel, einen Stock. Einen Schirm, einen Fotoapparat. Einen Pelz, einen Handkoffer.« In großem Stil hat der völlige Zerfall unserer Reisenden begonnen.

Es folgt das wirkungsvolle kurze Zwischenspiel DIE REISE IM FLUGZEUG, eine meiner Lieblingsstellen in dieser rasch abrollenden Schicksalstragödie. »Ich möchte einen Platz in dem Flugzeug buchen, das morgen früh abgeht. Wann starten wir? Können wir im Flugzeug etwas zu essen bekommen? Wann sind wir am Ziel? Mir ist schlecht. Haben Sie Papiertüten für Luftkranke? Der Lärm ist entsetzlich. Haben Sie Ohrenwatte? Wann landen wir denn endlich?« Dieses kleine Meisterwerk hat mich bewogen, auf einen Flug von London nach Paris zu verzichten und statt dessen im Schiff über den Kanal zu fahren.

Nun kommen wir zu einem Abschnitt mit dem Titel IM HOTEL, in dem sich die Dinge vom Schlimmen zum Schrecklichen entwickeln: »Haben Sie meinen Brief nicht erhalten? Ich habe Ihnen vor drei Wochen geschrieben. Ich habe ein Zimmer im ersten Stock bestellt. Wenn Sie mir nichts Besseres geben können, muß ich wieder gehen. Das Zimmermädchen kommt nie, wenn ich klingle. Ich kann nachts nicht schlafen, es ist so laut. Ich habe soeben ein Telegramm erhalten. Ich muß sofort abreisen.« Panik ist ausgebrochen, und daran vermag DAS ZIMMERMÄDCHEN nichts zu ändern: »Sind Sie das Zimmermädchen? Hier fehlen die Handtücher. Die Bettwäsche ist feucht. Dieses Zimmer ist nicht sauber. Ich habe eine Maus im Zimmer gesehen. Sie müssen eine Mausefalle aufstellen.« Und nun beginnen die Glocken der Hölle unüberhörbar zu läuten: »Diese Schuhe gehören mir nicht. Hier haben meine Schuhe gestanden, wo sind sie jetzt? Die Beleuchtung ist schlecht. Die Birne ist durchgebrannt. Die Heizung funktioniert nicht. Die Heizung ist zu warm. Es ist kalt hier im Zimmer. Dies ist schmutzig, bringen Sie mir ein anderes. Ich mag dies nicht. Das kann ich nicht essen. Nehmen Sie es fort!«

In meiner Phantasie sehe ich jetzt die Frau des Touristen ärgerlich das Hotel verlassen (auf Strümpfen), um alledem zu entgehen, und das Büchlein begleitet sie treulich auf Schritt und Tritt. Unter FÜHRER UND DOLMETSCHER lesen wir: »Sie verlangen zuviel. Mehr gebe ich Ihnen nicht. Ich werde einen Polizisten rufen. Er kann das in Ordnung bringen.« Dann heißt es unter NACH DEM WEG FRAGEN: »Ich habe mich verlaufen. Ich wollte nach ... Jemand hat mich bestohlen. Der Mann dort hat mich bestohlen. Dieser Mann folgt mir überallhin.« Sie eilt zum FRISEUR, wo der Abwechslung halber zunächst alles nach Wunsch geht. Dann aber ertönt der Aufschrei: »Das Wasser ist zu heiß, Sie verbrühen mich!« Anschließend macht sie EINKÄUFE, und hier klappt wieder einmal gar nichts: »Sie haben mir nicht richtig herausgegeben. Ich habe das vor zwei Tagen bei Ihnen gekauft. Es funktioniert nicht. Es ist kaputt. Es ist zerrissen. Es paßt nicht.« IM RESTAURANT will sie sich mit einem Imbiß und einer Tasse Tee erquicken: »Das ist nicht frisch. Dieses Stück ist zu fett. Das riecht schlecht. In der Rechnung ist ein Fehler. Während ich aß, hat mir jemand mein Portemonnaie gestohlen. Ich habe meine Brille (meine Uhr, einen Ring) im Waschraum liegenlassen.« Wahnsinn hat sie nunmehr ergriffen, und sie stürmt wild auf die Straße hinaus. Ihr Mann ist inzwischen – ich nehme es jedenfalls an – blindlings aus dem Hotel gerannt, um sie zu suchen. So kommen wir zwangsläufig zum Abschnitt UNFALL, der offenbar die Hasenherzen – nein, die Löwenherzen – davon überzeugen soll, daß sie nur am häuslichen Herd sicher sind: »Ein Unfall! Holen Sie rasch einen Polizisten. Wohnt hier ein Arzt in der Nähe? Telefonieren Sie nach einem Krankenwagen. Er ist schwer verletzt. Sie ist überfahren worden. Er ist unter die Räder gekommen. Jemand ist ins Wasser gefallen. Das Fußgelenk, der Arm. Der Rücken, ein Knochen. Das Gesicht, der Finger. Der Fuß, der Kopf. Das Knie, das Bein. Der Hals, die Nase. Das Handgelenk, die Schulter. Sein Arm ist gebrochen. Sein Bein ist gebrochen. Er hat sich den Knöchel verrenkt. Er hat sich das Handgelenk verstaucht. Er blutet. Er ist ohnmächtig geworden. Er hat das Bewußtsein verloren. Er hat Brandwunden im Gesicht. Das Gesicht ist geschwollen. Es schmerzt. Holen Sie kaltes Wasser. Helfen Sie mir ihn tragen.« (Offenbar läßt man *sie* einfach liegen und kümmert sich ausschließlich um ihn – aber sie ist ja auch nur überfahren worden, während ihm so ungefähr alles passiert ist, was einem Menschen passieren kann.)

Als nächstes sehen wir Mann und Frau wieder in ihrem miesen Hotel, beide im Bett und offensichtlich hysterisch. Diese Szene trägt die Überschrift KRANKHEIT: »Ich habe

Schmerzen in … Ich habe überall Schmerzen. Der Rücken, die Brust. Das Ohr, der Kopf. Die Augen, das Herz. Die Gelenke, die Nieren. Die Lunge, der Magen. Der Hals, die Zunge. Zeigen Sie mir Ihre Zunge. Das Herz ist angegriffen. Hier tut es mir weh. Er schläft sehr schlecht. Er kann nichts essen. Mein Magen ist nicht in Ordnung. Sie fiebert. Ich habe mich verkühlt. Ich habe einen Schnupfen. Er hat Temperatur. Ich leide an Husten. Würden Sie mir wohl ein Rezept schreiben? Was muß ich tun? Muß ich im Bett bleiben? Ich fühle mich besser. Wann kommen Sie wieder, um nach mir zu sehen? Gallenleiden, Rheumatismus. Schlaflosigkeit, Sonnenstich, Ohnmacht, ein Krampf. Heiserkeit, Halsschmerzen. Die Medizin, das Heilmittel. Eine Kompresse, ein Breiumschlag. Ein Eßlöffel voll, ein Teelöffel voll. Ein Heftpflaster, Sennesblätter. Jod.« Dieses selbstmörderische Blöken nach Jod halte ich für ein von Meisterhand aufgesetztes Glanzlicht.

Zu guter Letzt kommt unser Paar wieder auf die Beine, denn Reisende sind zäh – sie müssen es sein –, aber der nun folgende Abschnitt ALLGEMEINE REDEWENDUNGEN zeigt uns, daß sie geistig auf immer zerrüttet sind: »Kann ich Ihnen helfen? Entschuldigen Sie. Vorwärts. Sehen Sie her! Sehen Sie da unten hin! Sehen Sie da oben hin! Warum, wieso? Wann, wo? Weil. So ist es. Das ist zuviel, das ist zu teuer. Es ist sehr billig. Wer, was, welcher? Aufgepaßt!« Man spürt, es sind Walküren, die unseren unglückseligen Ehemann und seine Frau von allen Seiten einkreisen. Unter dem Fortissimo sämtlicher Streicher, Blech- und Holzbläser eilt das Trauerspiel seinem opernhaft irren Ende entgegen: »Wohin gehen Sie? Kommen Sie schnell her und sehen Sie sich das an! Ich werde einen Polizisten rufen. Holen Sie einen Polizisten! Ich werde hierbleiben. Können Sie mir helfen? Hilfe! Feuer! Wer sind Sie? Ich kenne Sie nicht. Ich will nicht mit Ihnen reden. Lassen Sie mich in Ruhe. Das genügt. Sie irren sich. Ich bin das nicht gewesen. Ich habe das nicht getan. Nein, ich gebe

Ihnen nichts. Gehen Sie doch endlich! Das betrifft mich nicht. Wer ist dafür zuständig? Was muß ich tun? Was habe ich getan? Ich habe nichts getan. Ich habe Sie bereits bezahlt. Ich habe Ihnen genug bezahlt. Lassen Sie mich durch! Wo ist das englische Konsulat?« Die Oboen nehmen diesen letzten verzweifelten Klageruf auf, und der Vorhang fällt.

Bertolt Brecht

Die Ferien

’s ist allemal ’ne Lust und Freud
Wann kommt die schöne Ferienzeit.
Als Herr Titur
Mit seiner Frau
Ins Kurbad fuhr
Da war das Wetter herrlich nur
Die Sonne lächelte »schau« schau!
Der Himmel, der war blau.
Es ist ein Schmerz und gar ein Leid
Wenn’s regnet die schöne Ferienzeit.
Besonders weh
Ist da der Schmerz
Wenn man, oje
Umflutet von dem Regensee
Zieht heimatwärts
Mit großem, leerem Portemaneeh.

’s ist allemal ’ne Lust und Freud
Wenn fort die schöne Ferienzeit
Und Herr Titur
Mit seiner Frau
Zurücke fuhr
Mit ’nem Gesicht: wau, wau
Wie war das Wetter schlecht und mau
Und jetzt zuletzt
Da ist der Himmel wieder blau.

Theodor Fontane

Wohin?

Als die Ferien anfingen, haben wir uns überlegt, *wohin*? und sind nach dreitägiger Beratung, in der wir mehr als fünfzig Plätze durchgenommen haben, zu dem Entschluß gekommen, *hier* bleiben und uns als Fremde mit Berlin beschäftigen zu wollen. Wirklich als Fremde. Denn eigentlich leben wir gebornen Berliner doch nur in Berlin, um unsre Hauptstadt nie kennenzulernen. Und nun sehn Sie, lieber Markauer, um diesem unpatriotischen Nonsens endlich ein Ende zu machen, und vielleicht auch um ein Beispiel zu geben, wie's einem Schulrate zukommt, haben wir an demselben Tage noch unsere Koffer gepackt und sind um zehn Uhr abends, wo der große Pariser Zug ankommt, vor dem Hôtel de Rome vorgefahren, haben uns als vornehme Leute, sagen wir als Russen oder Engländer, den Tee aufs Zimmer bringen lassen und noch anderthalb Stunden lang aus dem Fenster gesehen. Es war entzückend. Über die Linden weg, die bekanntlich keine sind, schimmerten die hohen, erleuchteten Fenster von der Passage her, und alles wirkte wie spanische Nacht und Alhambra. Heut ist unser dritter Tag. Unter vierzehn Tagen tun wir's nicht, und wenn es uns gefällt, legen wir noch eine Woche zu!

Wolfgang Brenner

Germersheimers Geranien

Seit Tagen machte Germersheimer ein Gesicht wie kurz nach seiner Scheidung. Alle, die ihn auf sich zukommen sahen, drehten ab. Germersheimer konnte einem leid tun. Schmalenbach fasste sich ein Herz. »Was hast du bloß?«

Germersheimer sah ihn mit dem treuen Dackelblick an, der schon seine Ex-Gattin dazu gebracht hatte, nach dreizehn Ehejahren mit einem Gymnasiasten durchzubrennen.

»Trauerst du ihr immer noch hinterher?«

»Seit ich weiß, dass sie glücklich ist, geht es mir besser. Wenn ihr neuer Freund das Abitur diesmal bloß besteht – wir bangen zu dritt. Nein, ich habe ein wirkliches Problem, Schmalenbach. Ich würde so gerne Urlaub machen.«

Das war es also. Der notorisch klamme Literat konnte sich keinen Urlaub leisten. »Warst du dieses Jahr nicht schon im Harz?«, fragte Schmalenbach.

»Im Harz. Ich bitte dich. Das war ein verlängertes Wochenende. Zudem noch verregnet. Die Pension war voll mit Sachsen, die schon beim Frühstück ihr persönliches Glas Nutella in den Speisesaal mitbrachten. Ich brauche einen richtigen Urlaub – aber …«

»Du, es gibt da ganz günstige Angebote. Mallorca für 199 Euro.«

»Daran liegt es nicht. Du weißt ja, meine Ex-Frau zahlt mir Unterhalt. Nein, es ist viel schwieriger: meine Blumen.«

»Deine Blumen?«

»Ich finde niemanden, der sie gießt, während ich weg bin. Seit Wochen frage ich rum – aber alle fahren entweder selbst weg oder haben schon irgendwelche Blumen zu gießen.«

Wenn es nur das war: Wozu waren denn Freunde da, wenn nicht für solche Wechselfälle des Lebens? »Kein Problem. Ich gieße deine Blumen«, erklärte Schmalenbach.

»Du?«

»Ich habe meinen Urlaub schon hinter mir – und ich habe auch sonst niemandem versprochen, seine Blumen zu gießen. Also gib mir den Schlüssel zu deiner Wohnung!«

Doch Germersheimer schien alles andere als erfreut zu sein. »Komisch ist es schon, dass keiner dich gebeten hat, seine Blumen zu gießen. Ich zum Beispiel habe den ganzen Juli über bei Manderscheid gegossen. Der gießt jetzt bei Joschka Fischer, deshalb kann er nicht bei mir. Pfeifenberger gießt die Blumen des Kulturdezernenten ...«

»Typisch Pfeifenberger. Der schmeißt sich an jeden ran, der was zu sagen hat.«

Germersheimer hob den Zeigefinger. »Nicht, dass du glaubst, Pfeifenberger hätte sich danach gedrängelt. O nein. Der Kulturdezernent hat ihn geradezu bekniet. Seit er letztes Jahr die Kakteen von Reich-Ranicki versorgt hat, reißt sich die Kulturszene um Pfeifenberger. Es ist heutzutage nicht einfach, eine verlässliche Kraft zu finden. Hast du nicht gehört: Als Schumi vor drei Jahren aus dem Urlaub nach Hause kam, waren seine Gummibäume eingegangen.«

Schmalenbach reute seine Hilfsbereitschaft schon. »Du kannst dich darauf verlassen, ich gieße deine Pflanzen ordentlich«, versprach er genervt.

»Hast du denn irgendwelche Referenzen vorzuweisen?«

»Referenzen?«

»Hast du schon mal bei jemandem Blumen gegossen? Eine Vertrauensperson, die dich empfehlen kann. Keine alte Tante mit Plastikblumen, sondern jemand mit Geschmack – jemand aus der Kulturszene.«

»Weißt du was, Germersheimer? Such dir jemand anderen!«, fuhr Schmalenbach ihn an.

Germersheimer schmollte. »Ich kann ja nichts dafür, dass dich noch kein Mensch gebeten hat, seine Blumen zu gießen.«

»Ich kann ganz gut damit leben, Germersheimer.«

Germersheimer gab sich einen Ruck. »Okay, wir sind Freunde. Wir kennen uns schon lange. Ich werde es mit dir versuchen, Schmalenbach.«

Nun konnte Schmalenbach nicht mehr zurück: Germersheimer war zwar ein erfolgloser Literat, aber er war mindestens so empfindlich wie O.W. Fischer. Also verabredeten sie einen Besuchstermin. Schmalenbach sollte eingewiesen werden.

Es stellte sich heraus, dass Germersheimer nur zwei Geranien hatte. Beide standen auf dem Balkon. »Es ist das raue Klima hier in Bockenheim, da wächst nichts anderes. Umso mehr hänge ich an den beiden Pflanzen. Ich habe ihnen Namen gegeben: Schmalenbach und Pfeifenberger. Ich rede jeden Tag mit ihnen. Vielleicht könntest du auch ab und zu mal was sagen, aber bitte keine Pflanze bevorzugen. Nicht, dass ich aus dem Urlaub zurückkomme, und Schmalenbach ist fünf Zentimeter größer als Pfeifenberger.«

Anschließend hielt Germersheimer Schmalenbach ein Seminar über Blumenpflege. Er zeigte ihm, wie er Wasser aus dem Bad zu holen hatte und welche Räume er nicht betreten durfte – eigentlich war nur ein Zimmer der Zweizimmerwohnung tabu, Germersheimers Schlafzimmer. »Dort gibt es noch zu viele Erinnerungen an meine Ex-Frau. Ich könnte es nicht ertragen, wenn ein Fremder den Raum entweihen würde.«

Schmalenbach versprach hoch und heilig, sich daran zu halten, und machte sich mit Germersheimers Ersatzschlüsselbund aus dem Staub.

Nur zwei Tage später kam er zufällig an Germersheimers Wohnung vorbei und beschloss, nach den Pflanzen zu sehen.

Schmalenbach und Pfeifenberger standen in Schlammbädern. Germersheimer hatte sie bei seiner Abreise anscheinend so großzügig gegossen, dass sie für die nächsten Tage noch genug Wasser hatten. Zur Sicherheit goss Schmalenbach etwas nach. Als er die Wohnung verließ, entdeckte er an der Schlafzimmertür ein handgemaltes Schild: »Nicht betreten! Lebensgefahr!«

Drei Tage später standen die Blumen immer noch im Wasser. Dennoch goss Schmalenbach beide Pflanzen. Auf keinen Fall sollte Germersheimer unzufrieden mit seiner Pflege sein.

Bei seinem nächsten Besuch stand das Wasser bis zu den Rändern der Blumentöpfe. Schmalenbach konnte sich nicht erklären, wieso die Blumen so wenig Feuchtigkeit brauchten. Vielleicht waren sie krank. Er beschloss, dennoch nachzugießen. Er dachte dabei an Germersheimers Worte über das raue Bockenheimer Klima …

Zwei Tage später bekam Schmalenbach einen Schreck. Die Blumen machten einen erbärmlichen Eindruck. Sie ließen die Blätter hängen. Besonders Pfeifenberger sah krank aus. Dabei stand er bis zu den Knien im Wasser.

Schmalenbach musste etwas unternehmen. Wenn Germersheimer aus dem wohlverdienten Urlaub zurückkam und seine beiden Lieblingspflanzen eingegangen waren, würde er ihm die Schuld dafür geben. Schmalenbach goss das Wasser ab. Den Rest musste die Sonne erledigen.

Nachts schlief er schlecht. Er träumte, Germersheimers Geranien wären vertrocknet. In ganz Frankfurt zerrissen sie sich die Mäuler über Schmalenbachs nachlässige Pflege. Germersheimer verarbeitete seinen Schmerz über den Verlust in einem Gedichtband, der reißenden Absatz fand. Schmalenbach schreckte schweißgebadet hoch.

Diesmal fuhr er schon vor der Arbeit zu Germersheimers Wohnung.

Die beiden Pflanzen waren grau, die Blätter welkten, die

Stängel bogen sich kraftlos – dabei standen sie schon wieder in einer Wasserlache. Schmalenbach floh aus der Wohnung.

Abends ertrank er seinen Kummer im »Promi«.

Es waren nur noch wenige Tage bis zu Germersheimers Rückkehr. Wenn der Arme auf seinem Balkon eine Wüste vorfand, würde er in eine tiefe Depression fallen. Ans Schreiben war dann gar nicht mehr zu denken. Und wer war schuld an dem Desaster? Er, Schmalenbach, der sich dem armen Germersheimer geradezu aufgedrängt hatte.

Hatte Germersheimer ihm nicht von Pfeifenbergers Erfolgen bei der Blumenversorgung städtischer Kulturgrößen berichtet? Schweren Herzens weihte er also den Freund ein.

Pfeifenberger, der gerade unglücklich verliebt war, hörte sich alles an und nickte nur ab und zu bedächtig. »Ich sehe schon, du hast so ziemlich jeden Fehler gemacht, den man beim Blumenversorgen machen kann.«

Schmalenbach wurde wütend. »Was soll das? Ich habe fleißig gegossen …«

»… wahrscheinlich hektoliterweise Wasser, du hast die armen Geranien quasi ertränkt.«

Es blieb Schmalenbach nichts anderes übrig. Er übergab Pfeifenberger die Schlüssel zu Germersheimers Wohnung. »Aber ich kann dir nichts versprechen«, sagte der Wunderdoktor. »Bei deinem Ungeschick muss sogar meine grüne Hand kapitulieren. Zumal ich gerade schlecht drauf bin. Constanze ist so was von prüde …«

Schmalenbach stand ein paar bange Tage durch. Irgendwann traf er Pfeifenberger im »Promi«. »Und wie geht es den Blumen?«

»Welchen Blumen?«

»Den Geranien auf Germersheimers Balkon – oder hast du die vergessen?«

»Ach die! Die gedeihen prächtig. Einen richtigen grünen Dschungel hat der Gute jetzt.«

Schmalenbach atmete auf. »Ich weiß gar nicht, wie ich dir danken soll.«

Doch der winkte bloß ab, gab ihm Germersheimers Schlüssel zurück und sagte: »Für Pflanzen tue ich es gern, sie sind gradliniger als Menschen.«

Zwei Tage später war Germersheimer wieder da – braun gebrannt. Aber in einer miesen Stimmung. »Ich wusste, dass man dir nicht vertrauen kann. Habe ich dich nicht gebeten, das Schlafzimmer, mein Allerheiligstes, nicht zu betreten?«

»Ja und? Keinen Schritt habe ich da hineingetan.«

Germersheimers Halsschlagader trat hervor. »Das Andenken an meine geliebte Ex-Frau hast du beschmutzt. Das Bett war durchwühlt. Auf dem Beistelltisch standen leere Sektflaschen und volle Aschenbecher. Ihr Bild war umgeworfen. Und jemand hat einen rosa Slip mit Netz im Schritt unterm Bett liegen lassen. Widerlich. Ich will dich nie wieder sehen.«

»Moment! Moment! Was ist mit deinen Blumen?«

Germersheimer schaute ihn verächtlich an. »Die haben überlebt. Aber nur weil ich wusste, wie unzuverlässig du bist. Deshalb habe ich dem Freund meiner Ex-Frau zehn Euro zugesteckt – damit er regelmäßig zugießt.«

Schmalenbach packte die Wut des Gerechten. »Blödmann! Durch dein Misstrauen hast du die Pflanzen beinahe umgebracht. Sie wären fast zugrunde gegangen, an dem vielen Wasser.«

Doch Germersheimer floh, um mit seinem Schmerz allein zu sein.

Pfeifenberger schneite herein. In bester Laune. »Kennst du die Pressesprecherin vom Zirkus Torriani? Wahnsinnsfrau. Ich dachte, ich lande nie bei Constanze. Alle haben es versucht. Vergeblich. Und dann klappt es doch … Ich bin der Einzige, mich hat sie erhört. Wahnsinn, was? Ich denke daran, mich scheiden zu lassen und sie zu heiraten. Constanze ist so jung, so unschuldig, so sauber. Aber das bleibt unter uns.«

Schmalenbach kochte innerlich, aber er blieb kaltblütig wie selten. »Die Pressesprecherin vom Zirkus Torriani? Die ist doch seit Wochen der Hit in der Stadt. Manderscheid sagt, sie hat der gesamten Eintracht den Kopf verdreht. Unter der Mannschaftsdusche. Und auf dem letzten Bezirksparteitag der Grünen soll sie auf dem Tisch getanzt haben …«

»Constanze? Niemals! Das ist eine Verwechslung. Sie wollte nicht mal in ein Hotel mit mir. Aus lauter Scham.«

»Ich sage dir eins: Ihren legendären rosa Slip mit Netzeinsatz im Schritt hat das Filmmuseum bereits erworben.«

Pfeifenberger war am Ende. Er brauchte einen Schnaps.

»Deine Frau Carola ist doch auch sehr nett. Und nur du allein weißt, was für einen Slip sie gerade trägt«, tröstete Schmalenbach ihn. Doch Pfeifenberger war untröstlich.

Sonne, Meer …

Offen liegt das Meer, ins Blaue
treibt mein Genueser Schiff.

Friedrich Nietzsche

Uwe Timm

Ausgebüchst

Seine Lider brannten. Er öffnete die Augen, schloß sie aber sofort wieder. Das grelle Licht schmerzte. Sein Pyjama war naßgeschwitzt. Das Bett zerwühlt, das Laken zerknüllt. Er drehte sich zur Wand. Hinter der rechten Schläfe spürte er einen stechenden Schmerz. Vorsichtig wälzte er sich auf den Bauch, tastete vor dem Bett nach seiner Armbanduhr, fand sie nicht und mußte sich aufrichten. Es war zwanzig vor zehn.

Hinter den Augen klopfte es. Obwohl die Gardine zugezogen war, warf der Schreibtisch einen Schatten auf den Fußboden. Er drehte sich zur Wand und versuchte wieder einzuschlafen. Gestern nacht hatte er vor seiner Zimmertür einen Zettel von Lothar gefunden: Ingeborg hat angerufen. Ruft morgen wieder an.

Durch die Augenlider schien es hellorange. Kleine Punkte und Fäden wanderten hin und her.

Wie Glasnudeln, dachte er.

Das Kopfkissen war feucht vom Schweiß und sein Gesicht brannte. Ihm fiel ein, daß er in das Seminar von Maier gehen mußte.

In der ersten Seminarsitzung hatte Ullrich vorn in der dritten Tischreihe gesessen. Die Stühle an den hinteren Tischen waren schon alle besetzt. Ullrich fragte sich, warum sich sonst niemand neben ihn setzte. Plötzlich brach das Gemurmel ab. Maier hatte den Seminarraum betreten. Während Maier nach vorn ging, trommelten alle auf die Tische. Hinter Maier gingen mit feierlich ernsten Gesichtern zwei Assistenten. Maier setzte sich und begann dann über Thomas von

Aquin zu reden. Er sagte: Was übersteigt das lumen naturale, natürlich das –. Er zeigte mit dem Finger auf Ullrich. Ullrich blickte schnell zur Seite. Aber Maier sagte: Sie, Sie da in dem blauen Hemd, wie heißen Sie?

Krause, sagte Ullrich.

Maier wiederholte seine Frage. Ullrich drehte sich um, aber niemand sagte etwas. Er hörte sich atmen.

Ich weiß nicht.

Maier sagte: Natürlich das lumen supra naturale, und fügte hinzu, man müsse sich schon konzentrieren, sonst könne man gleich zu Hause bleiben.

Er hatte man gesagt, dabei aber Ullrich angesehen.

Da war wieder dieser Druck hinter der rechten Schläfe. Ullrich legte eine Hand über die Augen. Aber durch seine Lider leuchtete es immer noch orange. Er schwitzte.

Die Blondine im *Hahnhof* (wie hieß sie?) hatte mit der linken Hand prüfend ihre Frisur betupft, dabei hatte sich der vom Büstenhalter hochgeschobene Busen aus dem Ausschnitt herausgewölbt.

Er rieb sich die brennenden Augen, drehte sich seitwärts schnell aus dem Bett, blieb einen Moment auf dem Bett sitzen und stand dann auf. Er ging zum Mansardenfenster, zog die dünne Stoffgardine zurück und beugte sich aus dem Fenster. Der Himmel war wolkenlos und graublau.

Er ging zu Lothar hinüber.

Wie gehts?

Mach die Tür zu.

Lothar hatte das Fenster wieder mit feuchten Handtüchern verhängt.

Er schrieb, ohne hochzublicken.

Hier ist es genauso warm wie bei mir, sagte Ullrich.

Lothar schrieb weiter.

Hast du schon gefrühstückt?

Lothar nickte.

Und Ingeborg?

Will dich heute wieder anrufen.

Will sie vorbeikommen?

Lothar wusste es nicht.

Eine Hitze ist das und schon so frühmorgens.

Lothar schob schweigend den Kugelschreiber mit dem Zeigefinger auf dem Tisch hin und her.

Ja, sagte er schließlich.

Gut, sagte Ullrich, dann will ich mich mal waschen.

Im Badezimmer kam das Wasser lauwarm aus der Leitung. Er drehte den Hahn ganz auf, füllte den Aluminiumtopf und ging, ohne den Wasserhahn wieder zugedreht zu haben, in sein Zimmer. Er steckte den Stecker des Tauchsieders in die Steckdose, den Tauchsieder legte er in den Topf. Er ging ins Bad zurück. Das Wasser, das aus der Leitung kam, war noch immer lauwarm. Er wusch sich die Achseln und das Gesicht mit Seife und spülte den Schaum mit dem lauwarmen Wasser ab. Jetzt ins Wasser springen und schwimmen.

Vorgestern war er mit Ingeborg am Baggersee gewesen. Sie hatten den ganzen Nachmittag dort gelegen, auf den Kieseln und dem spärlichen Gras. Ullrich hatte seine Badehose vergessen. Alles andere hatte er eingepackt, das Sonnenöl, ein Handtuch, die *Lehrjahre des Gefühls*, nur seine Badehose hatte er vergessen. Er war in seinen Jeans ins Wasser gesprungen und hatte später neben Ingeborg gelegen und gelesen. Er fand in diesem Moment, daß sie besonders laut atmete. Er hatte sich nicht mehr auf das Buch konzentrieren können.

Ullrich holte die Butter aus dem Schrank. Eine gelbliche Brühe schwappte in dem Stanniol. Er goß das kochende Wasser über den Nescafé und aß ein Stück trockenes Brot.

Er überlegte, ob er ins Seminar fahren sollte. Er hatte den Heidegger-Aufsatz nicht gelesen, der in der heutigen Seminarsitzung diskutiert werden sollte. Maier konnte ihn mit dem Finger zwingen, die Sätze zu Ende zu sprechen. Da war wieder dieser Druck hinter der rechten Schläfe. Er nahm sich vor, ins Seminar zu fahren, falls eine Wolke am Himmel zu sehen war. Er ging zum Fenster. Der Himmel war wolkenlos. Er trank den Nescafé aus, zog die Badehose an, darüber die Jeans, dann das Polohemd. Er legte das Badehandtuch zusammen und überlegte, ob er ein Buch mitnehmen sollte (etwas über Hölderlin). Aber dann suchte er die *Lehrjahre des Gefühls*, fand das Buch nicht, ging zu Lothar, sagte, er wolle jetzt zum Baden fahren.

So, sagte Lothar. Lust hätte er natürlich auch, aber das Referat, er müsse sich ranhalten. Und du, fragte er Ullrich.

Ich weiß, aber das ist mir jetzt scheißegal. Hab ich meinen Flaubert hier liegenlassen? Ullrich sah sich im Zimmer um.

Nein, sagte Lothar, und als Ullrich weitersuchte: Ich weiß es sicher, das Buch ist nicht hier.

Ullrich zögerte, dann muß es bei Ingeborg liegen.

Was soll ich sagen, wenn Ingeborg anruft?

Daß ich wiederkomme, irgendwann.

Der Vorderreifen des Fahrrads hatte wieder Luft verloren. Er pumpte ihn auf. Beim Vorbeugen spürte er wieder diesen Druck hinter der rechten Schläfe.

Ullrich fuhr die Schleißheimer Straße entlang, vorbei am Oberwiesenfeld und den Werkhallen von BMW. Sein Vorderreifen hatte schon wieder Luft verloren. Er hielt vor einem der großen Werktore. Ein uniformierter Pförtner stand vor dem heruntergelassenen Schlagbaum. Ullrich hatte das Rad an den Zaun gelehnt und pumpte den Reifen auf. Der Pförtner kam heran.

Host a Blatten oder.

Das Ventil, sagte Ullrich, ich muß mal das Ventil erneuern.

Des war guat, sagte der Alte, jetzat boden.

Ja, sagte Ullrich, schlimm, die Hitze, und fuhr weiter.

Der Druck ihres Schenkels, während er die Geschichte von

Albert erzählt hatte. Albert, der dann später im KZ war. Ullrich nahm sich vor, Wolfgang zu fragen, warum Albert dann doch noch ins KZ gekommen war.

Er spürte immer noch den faden Kaffeegeschmack im Mund. Das Hemd klebte ihm auf dem Rücken, als er von der Landstraße auf den Feldweg abbog, der zu dem Baggersee führte. Er legte das Rad auf den Boden, zog das schweißnasse Hemd aus. Die Jeans klebten an den Beinen. Er stieg vorsichtig die steinige Böschung zum See hinunter und sprang, ohne sich abzukühlen, ins Wasser. Ein kalter Schlag.

Er taucht auf und macht einige Kraulzüge, schwimmt dann mit ruhigen Zügen in den See, dreht sich im Wasser auf den Rücken und bewegt langsam die Arme und Beine. Toter Mann, nennt Ingeborg das. An dem hellblau durchsonnten Himmel sieht er eine weiße Haufenwolke treiben. Jetzt würde Maier über die Todesproblematik bei Heidegger reden und mit dem Zeigefinger ins Seminar deuten, um sich seine Sätze zu Ende sprechen zu lassen. *In der Angst vor dem Tod wird das Dasein vor es selbst gebracht als überantwortet der unüberholbaren Möglichkeit.*

Er taucht, öffnet die Augen, sieht unter sich nichts als Schwärze, taucht schnell auf, prustet, taucht einen Salto, paddelt mit den Füßen, wirbelt Wasser und Gischt auf, funkelnd im Sonnenlicht. Die weiße Wolke schiebt einen runden Auswuchs der Sonne entgegen. Er würde sich in der nächsten Woche bei Maier entschuldigen: eine plötzliche Magenverstimmung. Er lacht laut, macht wieder den toten Mann. Die Wolke hat die Sonne fast erreicht, schiebt sich langsam vorbei, schneidet ein Stück der Sonne ab, um den Wolkenrand steht ein Strahlenkranz. In einer kalten Stelle des Sees dreht er sich um und schwimmt zügig ins wärmere Wasser.

Du mit deinen Gefühlslehrjahren, hatte sie gesagt. Er blickte von seinem Buch hoch. Sie beugte sich über ihn und schüttelte die nassen Hände. Die kalten Wassertropfen trafen seine Haut wie Nadelstiche. Das Buch, vorsichtig, das Buch, hatte er gerufen und sich zur Seite gewälzt.

Ullrich schwimmt zum Ufer zurück, langsam, mit gleichmäßigen Zügen.

Niemand außer ihm schwamm im See.

Er streckte sich auf dem Handtuch aus, spürte die Wärme der Sonne auf seiner Haut, das Kitzeln ablaufender Wassertropfen und blinzelte in den Himmel. Hoch über ihm schossen Schwalben hin und her. Das Wetter wird sich halten, dachte er. Eine Bauernregel. Er drehte sich auf den Bauch. Der Druck hinter seiner rechten Schläfe hatte nachgelassen.

Ernst Augustin

München im schweren Sommer

Es gibt dort eine Freizone, wo ich alles ablege. Alle Bindungen, alle erworbenen Eigenschaften, meinen Beruf, meinen Namen, meine gesamte Vergangenheit, auch Schuhe und Strümpfe, das Hemd mit dem Armani-Etikett, die Hose von »Bonard« und das gesamte Unterzeug. Ich gebe meine gehobene Stellung ab, den Schutz und den Schirm, den Anstand und die Begierde (denn die ist dort nicht angebracht), vor allem aber gebe ich meine Scham ab. Oder besser, die Schämigkeit.

München im schweren Sommer. Die Häuser dunkelgelb, die Kirchenplätze glühend, überall schwingen sich schwere Glockentöne von den Türmen, und da ist das Jakobi-Bad vor der Tür: Männer mit Bäuchen gehen dahin, Frauen in Flatterhosen, gehen hin und kehren nicht zurück, und wenn, dann nicht so, wie sie gekommen sind.

Es gibt dort eine Bretterwand, die sich von einem zum anderen Ende hinzieht. In der Mitte eine verstellte Lücke, eine Art Schleuse: Freikörpergelände, Zugang nur ohne Kleidung gestattet. Und das ist ernst gemeint, denn dieses ist eine ganz vordergründige Geschichte, jede vermeintliche Metapher ist ganz wörtlich zu nehmen. Das Ungeheuer, das hier das Haupt erhebt, hat wirklich goldene Augen! Ich meine, es hat goldene Augen.

⋆

Ein denkwürdiger Tag, als ich dort zum ersten Mal eintrat. Zu einer heißen Stunde am frühen Nachmittag, nachdem ich drei Stunden lang auf dem Rasen vor der Bretterwand gelegen hatte. Das heißt eine Stunde lang unvernünftig prall in der Sonne und dann zwei im Halbschatten bei anhaltender Hitze, während ich den Bäuchen und den Flattergewändern nachsah, wie sie in der ominösen Bretterschleuse verschwanden. Hier draußen erstreckte sich eine heitere Badelandschaft in Grün, Weiß und Blau über einen halben Kilometer. Blau wegen der fünf großen Badebecken voller Kinder und schöner junger Erwachsener, die allesamt ein brausendes Geräusch erzeugten, einen Pegel von gleichbleibender Dichte, einer Meeresbrandung nicht unähnlich. Dazu die Glocken, sich von Türmen schwingend, gelbe wogende Kornfelder irgendwo weiter draußen. München im schweren Sommer.

Die Stadt der Nackten!

Sicherlich nicht, man trägt hier ausnehmend schöne Badekleidung, hoch in den Weichen ausgeschnitten und freigegeben, aber auch wiederum nicht so sehr, elegant freizügig eben. Sicherlich, man hat von den Nackten in der Straßenbahnlinie 8 gehört, die sich im Wildwasser abwärts stürzen, welches – eine Eigenheit Münchens – unterirdisch unter der gesamten Stadt hindurchführt, erst im Englischen Garten durch ein Maul ins Freie tritt, wo es dann unter den Augen der japanischen Touristen unsere Nackten donnernd davonträgt. Aber das sind alles wilde Studenten, die so etwas unternehmen, und daß sie am Ende nackt und bloß in die Straßenbahn steigen, um wieder zum Maul hinaufzufahren, soll jetzt auch verboten sein. Ich weiß es nicht. Im Jakobi-Bad scheint es weitaus ziviler zuzugehen. Nahm ich an.

Das Schild an der Bretterwand irritierte mich allerdings. Wie sollte man dort hindurchgehen? Mit Badehose? Was ja verboten war. Oder sollte man sie vorher ablegen und nackt passieren, was offenkundig niemand tat. Männer mit riesigen Badehosen, entweder hoch über dem Bauch getragen, so daß gerade die Brustsäcke, oder wie man sie nennen sollte, herausschauten, oder aber unterhalb des Bauchs, was auch nicht besser aussah, gingen frei als XXXL hindurch. Und die Damen? Flatterten üppig im Wind, da war auch keine, die sich entledigte, ich habe das drei Stunden lang verfolgt.

Am Ende stand ich auf, um die Inschrift zu studieren. Sie war dauerhaft in Blech geprägt, schwarz und weiß: »Freikörpergelände«, und darunter »Zugang nur ohne Kleidung gestattet«. Fast wäre ich mit einer Gruppe junger Männer hineingegangen (im Schwung mit hinein), fast! Sie waren alle voll bekleidet, Hemden, Hosen, Jacken, als ob sie dort eigentlich nichts zu suchen hätten, waren auch sehr laut. – Denkwürdig insofern, als es das erste Mal war, daß ich dort eintreten wollte.

Und dann doch nicht.

★

Das war am Montag. Am Dienstag war ich mit meinen chaldäisch-aramäischen Studien beschäftigt. Ein warmer, sogar heißer Dienstag war es, mit einem nahezu wolkenlosen Himmel, trotzdem hatte ich mich in meine Bibliothek im ersten Stock eingeschlossen, deren Fenster noch dazu nach Norden hinausgehen. Es war kühl hier drinnen, die lange Reihe der goldgepreßten Lederrücken, die ich mir zugelegt hatte – sechsundzwanzig Bände Pflugk-Hartung! –, spiegelte das Licht der großen, grünen Sommerkugel wider. Ich gebe zu, es war wegen der Lederrücken, daß ich sie mir geleistet hatte, es hätte auch die gekürzte Ausgabe sein können oder die broschierte, aber ich leistete mir die sechsundzwanzigbändige. Vielleicht heute nicht mehr. Dazu den Wieland-Kroll, der steht in Weinrot und Moosgrün auf der anderen Seite, achtzehnbändig. Meine Studien haben mich über Jahre systematisch in die Denkungsart vorderasiatischer Kulturen sowie überhaupt frühgeschichtlicher Menschheitsperioden eingeführt. Ich erheische, mit einigem Realitätsbezug, wie ein

Hethiter aus der Zeit Darius des Ersten denken zu können – und, wenn es darauf ankäme, zu handeln. Beachtliches Echo erzeugte meine '98 im »History-Sheffield« erschienene Abhandlung über Tempelprostitution im alten Ninife (genauer gesagt im »neuen« Ninife), in der ich die Stellung der Frau spezifiziere, welche von Staats wegen ausnahmslos – verheiratet oder nicht verheiratet – ein Jahr lang in den Lustparks der Tempelbezirke ihren Dienst zu verrichten hatte. Das zog einiges Echo nach sich. Ich meine, es war die Veröffentlichung, bekannt war es natürlich. So wie ich auch auf zwei meiner Arbeiten über den Tantrakult an der indischen Ostküste (wedische Zeit) verweisen kann. Ebenfalls im Rahmen meiner frühhistorischen Studien.

An diesem Tag schrieb ich anderthalb durchschnittlich gute Seiten eines Skripts »Die Kinder Sems«, an dem ich seit vier Jahren arbeite und nachweise, daß das Hebräische, Aramäische und Arabische gemeinsamen Ursprungs im semitischen Sprachraum sind – beziehe mich auf die Genesis (Kap. 10), wo die Stammväter dieser Völkerschaften als Kinder des Sem, Sohn des Noah bezeichnet wurden. Alttestamentarisch. Vergleichbar mit dem sumerischen »Elam« – – aber ich möchte hier nicht zu weit gehen, kam auch nicht mehr weit an diesem sehr schönen Morgen. Zwei Seiten weit. Bis zwölf Uhr.

Dann ging ich ins Jakobi-Bad.

*

Es kam für mich selbst überraschend. Eben noch befand ich mich in der einen Welt, in der alles richtig war, die Rufe, das Geschrei, die Sonnenschirme, die Badehosen und die bleichen Ehefrauen, die von den Ballspielern gestört wurden, selbst die Fußballspieler waren richtig mit ihren sackartigen, viel zu weit herunterhängenden Fußballhosen. Und im nächsten Augenblick sehe ich mich mit der Baderolle unterm Arm zusammen mit einer soeben eingetroffenen Gruppe Schwergewichtiger oder auch Magerer – ich weiß es nicht mehr – dicht vor der Schleuse. Sehe mich in der Schleuse, aus zwei versetzten Bretterfronten bestehend. Sehe diese ungehobelten Bretter ganz nahe und – rutschte gleich mit durch.

Da stand ich – – – in totaler Stille.

Zweihundert Augen waren auf mich gerichtet. Ich zog sofort meine Hose herunter, gleich neben dem Eingang, stieg aus der Hose und behielt sie in der Hand, stand da mit nichts, nicht einmal einer Sonnenbräune bekleidet, und glaubte es eigentlich nicht.

Heute weiß ich, daß die zweihundert Augen völlig blicklos waren, da sie, gegen die Sonne gerichtet, mich, der ich mit der Sonne hereinkam, höchstens als Umriß wahrnahmen. Ich habe das später selbst ausprobiert, zum damaligen Zeitpunkt aber fühlte ich mich im Mittelpunkt des Gesamtgeschehens, seziert, analysiert, ausgeweidet und gevierteilt: Wenn es in diesem unserem Universum ein Zentrum, einen Brennpunkt, einen absoluten Fokus gegeben haben sollte, dann war es mein dort unten befindliches, einsam hängendes Genital.

Und das Ganze im Stehen.

Die Gruppe der Dicken und Mageren war längst weitergewandert, mitten ins Gelände hinein, wo sich ein großer, dicht belagerter Pool ausbreitete. Marschierte fröhlich und, wie ich feststellen mußte, weiterhin bekleidet zwischen den dicht bei dicht Liegenden einher – je näher zum Pool, desto dichter –, bis sie sich schließlich niederließen, zwischen den am Boden Liegenden verschwanden und ich die Wahrheit erkennen mußte: Der einzige nackte Mann, der hier stand, war ich selber.

Günter Bergsohn

Sommerzeit im Barfussland

Endlich Sommer – wurd' auch Zeit
Hat jetzt lang genug geschneit
Wollpullover bis zum Mai
Damit ist es jetzt vorbei.
Ab sofort geht Sockentragen
Außer an den Regentagen
Nur noch im Büro vonstatten
Und das gilt auch für Krawatten.

Jetzt beginnen jene Tage,
Wo man keine Schuhe trage,
Wo man barfuß geht im Sand,
Auf der Wiese Hand in Hand,
In der Küche auf den Fliesen,
Oh wie gut ist das in diesen
Schönen warmen Sommertagen.
Niemand soll jetzt Socken tragen.

Ab sofort im Barfußland
Sind wir allesamt verwandt.
Weil Afghanen, Türken, Schwaben
Einen großen Onkel haben:
Links und rechts der Mitte einen,
Nur John Silver, der muss weinen –
Hat nur einen.
Keine Neffen, keine Nichten,
Darauf muss Long John verzichten.

Er kann nicht wie all die Andern
Barfuß über Strände wandern,
Bis zum Knie ins Wasser waten –
Sonnenöl ist anzuraten;
Duftet gut und macht, dass man
In der Sonne liegen kann.
Oder lieber doch im Schatten?
Vorsicht liebe Wasserratten!
Sonnenbrand ist schnell passiert,
Lieber nochmal eingeschmiert.

Weil man sich dann ganz gelassen
Mit dem mitgebrachten Buch befassen
Kann – beziehungsweise
Still und leise
Unter Bäumen
Einen halben Tag verträumen.
Mit dem Rücken auf der Welt.
Faul und glücklich ist der Held.
Zärtlich streicht die Hand den Sand –
Sommerzeit im Barfußland.

Wilhelm Genazino

Auf einem heissen Stein

Ich möchte ein paar Stunden lang auf einem heißen Stein liegen und auf das Meer schauen. Es gibt eine Farbe, die mich ruft, auf die warte ich. Ich weiß nur, das Meer und ich, wir passen zusammen wie nichts sonst. Früh morgens ist das Wasser nur dunkel, eintönig und angsteinflößend. Erst zwischen neun und zehn Uhr verwandelt sich das tiefe Grau in ein dunkles Blau, das langsam aufhellt. Die große Lockung beginnt. Ich bin eine ahnungslose Landeidechse, die nie etwas von der Gefährlichkeit der Meere gehört hat. Ab zehn Uhr werden die Blautöne durchsichtiger. Am Horizont ziehen die ersten türkisfarbenen Streifen in das Blau ein. Dann zeigen sich smaragdgrüne Linien, die meiner Haut ähneln. Das ist meine Farbe. Geschwind schlängele ich mich auf den Kieseln hinab zum Ufer. Unten ergreift mich eine Freude, mit deren Heftigkeit eine sonst stets gefaßte Landeidechse nicht rechnen konnte. Im Wasser finden meine Haftzehen keinen Halt, aber das merke ich schon nicht mehr. Selbst das über mir zusammenschlagende Wasser halte ich noch für ein Spiel.

Robert Gernhardt

Marleens Sommer

Es ist Sommer und
Marleen fährt ans Meer.
Sie aalt sich im Sand
und zeigt alles her.
Sie gibt der Sonne
reichlich zu schaun –
Aber irgendwie wird ihr Bauch nicht braun.

Eine Woche ist um,
und Marleen weiß mehr.
Sie hat sich erholt
und macht mächtig was her.
Die Männer schaun gierig
und giftig die Fraun –
Aber irgendwie wird ihr Bauch nicht braun.

Zwei Wochen. Jetzt
braucht Marleen einen Kick.
Als der Typ sie anmacht,
lehnt sie sich zurück
und denkt im stillen:
Mach zu, du Clown –
Aber irgendwie wird ihr Bauch nicht braun.

Drei Wochen. Mehr
ist leider nicht drin.
Noch einmal hält
sie den Körper hin.

Der Sonne zuerst,
sodann ihrem Faun –
Aber irgendwie wird ihr Bauch nicht braun.

Das wars. Im Büro
fragt die Freundin: Na?
Na ja, sagt Marleen,
es war alles da.
Ich habe gepflegt
auf den Pudding gehaun –
aber irgendwie
aber irgendwie
aber irgendwie wurde mein Bauch nicht braun.

Thomas Mann

Wo wäre es besser?

Gut, gut! dachte Aschenbach mit jener fachmännisch kühlen Billigung, in welche Künstler zuweilen einem Meisterwerk gegenüber ihr Entzücken, ihre Hingerissenheit kleiden. Und weiter dachte er: Wahrhaftig, erwarteten mich nicht Meer und Strand, ich bliebe hier, solange du bleibst! So aber ging er denn, ging unter den Aufmerksamkeiten des Personals durch die Halle, die große Terrasse hinab und geradeaus über den Brettersteg zum abgesperrten Strand der Hotelgäste. Er ließ sich von dem barfüßigen Alten, der sich in Leinwandhose, Matrosenbluse und Strohhut dort unten als Bademeister tätig zeigte, die gemietete Strandhütte zuweisen, ließ Tisch und Sessel hinaus auf die sandig bretterne Plattform stellen und machte es sich bequem in dem Liegestuhl, den er weiter zum Meere hin in den wachsgelben Sand gezogen hatte.

Das Strandbild, dieser Anblick sorglos sinnlich genießender Kultur am Rande des Elementes, unterhielt und erfreute ihn wie nur je. Schon war die graue und flache See belebt von watenden Kindern, Schwimmern, bunten Gestalten, welche, die Arme unter dem Kopf verschränkt, auf den Sandbänken lagen. Andere ruderten in kleinen rot und blau gestrichenen Booten ohne Kiel und kenterten lachend. Vor der gedehnten Zeile der Capannen, auf deren Plattformen man wie auf kleinen Veranden saß, gab es spielende Bewegung und träg hingestreckte Ruhe, Besuche und Geplauder, sorgfältige Morgeneleganz neben der Nacktheit, die keck-behaglich die Freiheiten des Ortes genoß. Vorn auf dem feuchten und festen Sande lustwandelten einzelne in weißen Bademänteln, in weiten, starkfarbigen Hemdgewändern. Eine vielfältige

Sandburg zur Rechten, von Kindern hergestellt, war rings mit kleinen Flaggen in den Farben aller Länder besteckt. Verkäufer von Muscheln, Kuchen und Früchten breiteten kniend ihre Waren aus. Links, vor einer der Hütten, die quer zu den übrigen und zum Meere standen und auf dieser Seite einen Abschluß des Strandes bildeten, kampierte eine russische Familie: Männer mit Bärten und großen Zähnen, mürbe und träge Frauen, ein baltisches Fräulein, das an einer Staffelei sitzend unter Ausrufen der Verzweiflung das Meer malte, zwei gutmütig-häßliche Kinder, eine alte Magd im Kopftuch und mit zärtlich unterwürfigen Sklavenmanieren. Dankbar genießend lebten sie dort, riefen unermüdlich die Namen der unfolgsam sich tummelnden Kinder, scherzten vermittelst weniger italienischer Worte lange mit dem humoristischen Alten, von dem sie Zuckerwerk kauften, küßten einander auf die Wangen und kümmerten sich um keinen Beobachter ihrer menschlichen Gemeinschaft.

Ich will also bleiben, dachte Aschenbach. Wo wäre es besser? Und die Hände im Schoß gefaltet, ließ er seine Augen sich in den Weiten des Meeres verlieren, seinen Blick entgleiten, verschwimmen, sich brechen im eintönigen Dunst der Raumeswüste. Er liebte das Meer aus tiefen Gründen: aus dem Ruheverlangen des schwer arbeitenden Künstlers, der vor der anspruchsvollen Vielgestalt der Erscheinungen an der Brust des Einfachen, Ungeheueren sich zu bergen begehrt; aus einem verbotenen, seiner Aufgabe gerade entgegengesetzten und ebendarum verführerischen Hange zum Ungegliederten, Maßlosen, Ewigen, zum Nichts. Am Vollkommenen zu ruhen, ist die Sehnsucht dessen, der sich um das Vortreffliche müht; und ist nicht das Nichts eine Form des Vollkommenen?

Norbert Elias

Wir wolln die Uhren begraben

Wir wolln die Uhren begraben
hier im Sande daß sie niemand mehr hören kann
als die Ältereltern
unter dem Riedgras
unter dem Winde
unter den zeitlosen Tieren
Schaufle schaufle
daß man sie nicht mehr hören kann

Die Uhren werden begraben
horch wie sie brummeln und drohn
was können sie tun
sie ärgern sich sie ärgern sich
Die Uhren werden begraben
die Raben werden verscheucht
und niemand kann mehr sagen
wischpetessis wischpetessis

Wir haben die Uhren begraben
daß man sich wieder hören kann
hier im Sande
unter dem Riedgras
unter dem Winde
unter den zeitlosen Tieren
die gehn und kommen Kälber werden Kühe
und Kühe Kälber
und Ältereltern werden Töchter und Söhne
und Sonne kommt und geht

ein guter Morgen voll von Korngeruch
ein heißer Mittag wenn der Leib
satt ist der Sonne
lau ist der Abend wenn der Himmel
in Schatten fällt

Heinrich Breloer/Frank Schauhoff

Me gusta mucho

Sie steuerten von Arenal auf den Leuchtturm von Cabo Blanco zu, um dann an Ses Covetes vorbei um die Insel im Südosten herumzufahren. Keine Wolke zeigte sich am Himmel, und durch die sanfte Dünung zog das Boot seinen weißen Streifen an der Küste entlang. Michael überließ sich ganz der Bewegung des Bootes im Wasser. Ein leichtes Auf und Ab, ergänzt von einem Wiegen zwischen den Wellen. Immer wieder grüßte Mar herüber, wenn sie anderen Booten begegneten. Das war so Brauch auf dem Wasser. Eine Hand auf dem Steuerrad, saß sie im Schatten des Sonnensegels und zeigte Michael die Orte, an denen sie linker Hand vorüberfuhren. Auf das Kajütendach gelehnt stand Michael auf der Treppe und ließ sich vom Fahrtwind kühlen. An den Stränden und auf den Felsen der Badebuchten lagen die Menschen zu Tausenden wie die Robben und brüteten in der Sonne. Hier draußen auf dem Wasser ließ es sich leben. Die Hitze, die über dem Land lag, war auf dem Boot kaum spürbar. Über den Besuch von Pere in Mars Geschäft hatte sie nicht mehr gesprochen. Die Einladung aufs Schiff war für Michael auch eine Antwort. Mars Gesicht mit den dunklen Gläsern der Sonnenbrille lag als Silhouette ganz im Schatten. So allein, so nah beieinander waren sie noch nie gewesen. Der Widerspruch in ihrem Gesicht wurde durch die dunklen Gläser besonders betont. Die hochgezogenen Augenbrauen und die weiche Linie ihrer Lippen, die Zurückweisung und Distanz gegen die Einladung. Sie schmunzelte, als Michael sie über den Rand seiner Sonnenbrille ansah. Mit der rechten Hand hatte er betont die Brille auf die Nase heruntergezogen. Er wollte ihr in die Augen sehen.

»Backbord, Bootsjunge«, mit ihrer linken Hand schob sie seinen Kopf von sich weg in Richtung der Insel, »da gibt es auch was zu sehen, Michael. *Torre de Vigilancia*, einer dieser Wachtürme, mit denen sich meine Vorfahren gegen die Seeräuber gewehrt haben. Von Turm zu Turm haben sie sich Zeichen gegeben – mit Feuer und Rauch –, um die Menschen zu warnen.«

»Manchmal habe ich das Gefühl, die sind heute noch immer besetzt.«

Gegen Mittag steuerte Mar die »Vent Blau« zwischen einem kleinen Hotel auf einem Felsen und dem Leuchtturm in die schmale Hafeneinfahrt von Cala Figuera.

Langsam tuckerte der Diesel an den Häusern des kleinen Fischerdorfes vorbei, das an dieser schmalen und tiefen Bucht wie an einen Fluß gebaut wirkte. Auf der Höhe der Wasserfläche hatten die schmalen, dreistöckigen Häuser große grüne Garagentore, in denen die Boote untergebracht waren. In den zwei Stockwerken darüber wohnten die Fischer oder die Touristen. Auf der linken Seite, an der Mar das Boot längsseits an einem Kutter festmachte, war der kleine Fischerort hoch übereinandergeschichtet an den Felsen gebaut. Die Mittagshitze, die in den Felsen hing, überfiel sie hier um so stärker. In einer Bar aßen sie ein paar Tapas. Bei einem Fischer unten am Hafen besorgte Mar noch ein paar Tintenfische und Gambas, die an Bord für später in der Eiskiste verschwanden. Dann steuerte Mar die Vent Blau wieder aus dem Hafen und setzte die Reise an der Küste über Porto Petro und Cala Dor, vorbei an Porto Colom in Richtung Cala Ratjada fort. Die *Sierra de Levante* senkte sich hier mit einer sanften Bewegung zum Meer, wo die Insel dann steil ins Wasser abstürzte. Überall dort, wo sich die Felswände öffneten, waren Badebuchten oder größere Hafenanlagen eingerichtet worden. Mar zeigte auf die zahllosen Landhäuser, die sich von den Bergrücken bis ins Tal zwischen den Olivengärten verteilten.

»Das ist der Unterschied zur steilen Nordküste, die du mit Toni gesehen hast. Hier ist der dichtbesiedelte Teil der Küste. Die Tramuntanas im Norden, die Tausender, sind die große Windbarriere für Mallorca. Wir fahren jetzt auf der guten, windgeschützten Seite der Insel. Bei größeren Unwettern oder Sturm liegen draußen Dutzende großer Frachtschiffe und Tanker. Hier liegen die Schiffe oft tagelang im Schutz der großen Berge und warten, bis das Unwetter vorbei ist, um dann ihre Reise Richtung Sizilien oder Málaga fortzusetzen. Das war sicher schon immer so, seitdem sich die Menschen auf dem Mittelmeer bewegen.«

Michael blickte über die Wellen zur Küste, dort, wo das Meer in einem weißen Saum an den graubraunen Fels schäumte. Vor einiger Zeit hatte er es noch gelesen: Phönizische Händler und Krieger waren hier gelandet und hatten ihre Depots angelegt. Am Rande ihrer Mittelmeerwelt hatten dann die Griechen diese Insel entdeckt. Danach wurde Mallorca von den Römern erobert, die hier mit ihren Galeeren langgefahren waren. Nicht anders werden die Kreuzfahrer des Mittelalters und die Freibeuter die Küste gesehen haben, dachte Michael. Er sah, wie das dicke weißgraue Tauwerk am hellgelben Mast in der Sonne schaukelte. Der Fahrtwind blähte knatternd das Sonnensegel. Der große Holzbügel der Ruderpinne im Heck folgte den Bewegungen Mars am Steuerrad. So pflügten sie ihre weiße Furche ins Meer, die nach kurzer Zeit von den Wellen weggespült wurde.

»Es ist schön zu leben«, sagte Michael plötzlich. Dann gab er Mar einen Kuß auf die Wange, so daß sie überrascht ihre Brille abnahm und ihn forschend ansah. Mit ihrer linken Hand prüfte sie seine Wolle, wie damals vor Tomeus Haus. Sie zog ihn dicht an sich heran.

»Me gusta, me gusta mucho estar aquí contigo.«

Am späten Nachmittag fand Mar ihren Anlegeplatz. Ein schmaler Spalt zwischen zwei Felsen, den man leicht übersehen konnte, wurde in der Nähe zu einem Portal, hinter dem sich eine Bucht öffnete. Von den Bergen war dieser Platz nur über einen steilen, wilden Torrent zugänglich, der über einen kleinen Streifen weißen Sand ins Meer mündete. Mar ließ den Anker herunter, der sich unten im Wasser in den weißen Sand bohrte. Michael blickte hinterher. Aus der Tiefe tauchte ein Schwarm neugieriger Fische auf, die plötzlich wegzuckten, als Mar die Badeleiter an der Reling befestigte. Michael hörte noch, wie sie ins Wasser sprang, dann war sie schon unter dem Boot durchgetaucht und kam prustend an seiner Seite wieder hoch.

»Die mallorquinischen Männer gehen nicht gerne schwimmen. Wie steht es denn mit dem Alemán da oben?«

Ihr zusammengebundenes Haar hatte sich gelöst, und die nassen Strähnen hingen ihr lustig über Stirn und Wangen. Einen Augenblick später schwamm Michael neben ihr im Wasser. Nach dem langen Tag an Bord eine herrliche Erfrischung und ein Vergnügen dazu. Sie war zum Strand vorausgeschwommen, und Michael hatte Mühe, sie einzuholen.

»Tu me gustas, me gustas mucho, Mar!«

Diesmal hatte es Michael gesagt. So wie er sie jetzt im Arm hielt, war sie ganz leicht. Michael hatte im flachen Wasser Sand unter den Füßen gespürt und Mar, die etwas kleiner war, zu sich herangezogen. Er schmeckte das Meersalz auf ihrer Haut und den Lippen. Das Wasser war warm, aber Mar zitterte, als Michael sie fester an sich zog. Die Bucht war das Ende ihrer Reise an diesem Tag. Nicht daß sie darüber sprachen. Sie würden die Nacht hier ankern, das war ihre Überraschung für Michael.

Nackt schwammen sie zur Vent Blau zurück. Eng umschlungen lagen sie unter dem großen Sonnensegel im Boot, und sie ließen es geschehen, so wie das Meer ihrem Schiff im leichten Schaukeln kleine Stöße versetzte. Sie waren sich nah und fern. Fremd und dicht beieinander. Nord und Süd. Mann und Frau. Frei und gebunden. Mar trank die Luft in schweren Zügen, dann lief ihr Atem schneller und schneller. Sie öffnete weit ihre Augen, wollte ihn sehen und erkennen, und zur Lust die Liebe dazu. Sie rief seinen Namen, und Michael antwortete ihr.

Später in der Dämmerung saßen sie mit Weißbrot und Wein um eine Pfanne mit den Tintenfischen und Gambas. Sie tranken und erzählten, bis der Mond und die Sterne mit einer unverschämten Klarheit über ihnen leuchteten.

Marie Luise Kaschnitz

Vom Strand wo wir liegen

Vom Strand wo wir liegen
Silberne Häute ausgespannt
Stehen wir auf
In der mondlosen Nacht
Begehen das Feigental
Und die feurige Macchia
Lieben im Fleische
Reden mit Zungen
Tauschen das Augenlicht.
Ziehen auf aus der Erde
Hausmauern
Tisch und Bett
Reichen uns ernsthaft
Der eine dem andern
Der andre dem einen
Handüber herzüber
Bis zum Morgengrauen
Das rehrote Windei
Hoffnung.

… und hohe Berge

Prolog

Auf die Berge will ich steigen,
Wo die frommen Hütten stehen,
Wo die Brust sich frei erschließet,
Und die freien Lüfte wehen.

Auf die Berge will ich steigen,
Wo die dunkeln Tannen ragen,
Bäche rauschen, Vögel singen,
Und die stolzen Wolken jagen.

Lebet wohl, ihr glatten Säle!
Glatte Herren, glatte Frauen!
Auf die Berge will ich steigen,
Lachend auf euch niederschauen.

Heinrich Heine

Oskar Maria Graf

Alles zu seiner Zeit

Wie verschiedene Langkirchner Burschen übt auch der Sterzinger-Loisl, seitdem sich nach dem letzten Krieg das schöne Gebirgsdorf zu einem vielbesuchten Fremdenort entwickelt hat, im Sommer den Beruf eines Bergführers aus. Da ist, je nachdem, was man für eine »Kundschaft« hat, mitunter ein schöner Batzen Geld zu verdienen, und überdies kann einem dabei allerhand Unterhaltliches unterkommen. Um es auch gleich zu sagen, der Loisl macht seit jeher das beste Geschäft, und das kommt daher, weil er alles an sich hat, was die Weiberleute, ganz besonders aber die fremden, schier schon höllisch gern an einem jungen Mannsbild mögen. Gewachsen ist er wie ein Tannenbaum, sehnig und flink wie ein Gamsbock, kohlschwarze Haare hat er und genau so schwarze, pfiffige Luchsaugen in seinem couragierten, fast kastanienbraunen Gesicht, und gewitzt ist er wie keiner von seinen Kameraden. Allgemein heißt es in Langkirchen von ihm, er kann mit der zimperlichsten, zaundürren Geiß von einem Weibsbild, das bei jedem unrechten Schritt einen Angstkrampf kriegt, genau so gut umgehen wie mit der feinsten Dame.

»Is oane wia dö andre«, ist dem Loisl seine Ansicht: »Wennst gnau aufpaßt, kimmt's eahna meistens gor net auf dö Berg o, sondern auf ganz wos anders ...« Über dieses »andere« läßt er sich nicht weiter aus, aber seine Kameraden wissen genau, was er damit meint, und sie zwinkern dabei mit den Augen wie der Loisl selber.

Kurzum, in diesem Sommer ist eine noch recht junge Fabrikantenwitwe aus dem Rheinischen beim Wernthaler gewesen, der wo seine umfängliche ehemalige Bauernwirtschaft der Zeit entsprechend modernisiert hat und dieselbige seither *Alpenhotel zur Post* heißt. Stramm um und um, einladend von hinten und noch mehrer von vorn, appetitlich und anweigerisch in ihrem weitausgeschnittenen, wunderschönen Dirndlgwand, hat sie ausgschaut, daß es jedem Mannsbild gleich die Augen 'rausgetrieben hat; immer lustig und leutselig freundlich zu jedem Menschen ist sie gewesen, und wenn sie auf ein handfestes Mannsbild gestoßen ist, da ist ihr der Schnabel gegangen wie einem jungen, hungrigen Star. »Mimi«, hat sie gesagt, heißt sie, und gewünscht hat sie, daß man sie allerseits so anreden soll. Wie sie dem Loisl zum erstenmal in den Weg gelaufen ist, hat sie außerdem noch so rheinländisch singend, wie sonst bei keinem, gesagt: »Wissen Sie, ich bin nämlich, so wie ich vor Ihnen steh', ein rheinisches Mädl und genauso spritzig wie unser rheinischer Wein …« Alsdann hat sie den Loisl mit ihren überschnellen Witwenaugen rundum gemustert und ist mit ihm handelseins geworden, daß sie morgen zusammen eine Tour auf den Windberg machen.

»Guat«, hat der Loisl gesagt: »Is mir ganz recht … Für morgn hob i aa noch koa Kundschaft sunst, do bin i frei …« Und da hat sie ihn wieder in ihre Augen genommen und bloß noch halb so laut gesagt, das möchte sie sich auch ausbitten, daß er sie allein führt, und hat ihm das Doppelte, was er sonst kriegt, geboten.

Am andern Tag, die Sonne ist noch kaum heraußen gewesen, sind also die zwei beim Windberggaßl hinten aus dem Dorf und langsam aufwärts gestiegen. Die Mimi ist sehr gebirglerisch hergerichtet gewesen und hat gleich wieder mit ihrem Reden angefangen, aber das ist ihr sehr schnell vergangen, denn der Loisl hat sich recht maulfaul und fast muffig gegeben, vielleicht, weil er's mit seiner Pflicht absolut ernst genommen hat. Selbstredend hat das der feschen Mimi gar nicht gefallen.

»Na«, sagt sie, bleibt stehen und schaut ihn an: »Na, Herr Loi-iisl, Sie sind doch heut so ganz anders als gestern ... Ich hab' mir so eine Bergpartie mit Ihnen viel netter vorgestellt.«

»Noja«, hat der Loisl darauf gemeint, »beim Steign red't ma net sovui. Do hoaßt's aufpassn ... Redn konn ma, wenn ma sich hinhockt und ausrast'.«

»Gut«, sagt sie wiederum: »Ist mir auch recht ... Sie haben schließlich auch Ihre Erfahrungen oder ...?« Aber der Loisl hat sie nicht angeschaut und ist bloß stockstumm weitergestiegen. Es läßt sich denken, daß sie das ein bissel gewurmt hat. So feine Damen, besonders wenn sie viel mehr zahlen und auf ganz was anderes wie auf das Bergsteigen aus sind, die haben oft recht empfindliche Nerven. Und natürlicherweis' macht sich bei einer solchen Gelegenheit auch ihre schwächere Konstitution bemerkbar, denn der pflichttreue, muffige Loisl ist gestiegen und gestiegen, und sie ist kaum mehr nachgekommen, sie hat zu schnaufen und nach und nach wimmernd zu japsen angefangen, hat geschwitzt und schließlich schier ungut energisch gekeucht: »Hören Sie, Loi-iisi, ich kann nicht mehr! Ich bin doch so was nicht gewohnt! Wir *müssen* jetzt haltmachen und uns ausruhen, bitte!«

»Guat, meinetwegn«, murrt drauf der Loisl, und sie hocken sich hin auf einen flachen Bergvorsprung.

»Gott sei Dank!« japst sie und erfangt sich: »Wir haben's doch nicht so eilig, Herr Loi-iisi! Ich möcht' am liebsten so mit Ihnen sitzen in der schönen Natur und mich mit Ihnen unterhalten ... Für mich sind Sie doch nicht einfach ein x-beliebiger Bergführer, verstehn Sie?« Dabei hat sie sich an ihn herangewandelt und ihren enganliegenden Spenzer oben aufgeknöpft, daß ihr runder, kerniger Busen schier ganz in all seiner Pracht herausgequollen ist, und gesagt hat sie, sie kann sich nicht helfen, sie muß das tun, sie schwitzt so, sie *muß* sich ein wenig abkühlen! Da hat sie erlurt, daß der Loisl schnell über diese Pracht geschaut hat, und gesagt: »Ich hoffe, das ist

Ihnen nicht unangenehm, Herr Loi-iisi, oder? … Sie haben mich ja überhaupt noch nicht angesehen? Gefalle ich Ihnen vielleicht nicht?«

»Gfoin? Vo dem is koa Red«, sagt er auf das hin: »Aber ich woaß, wos mei Pflicht und Schuldigkeit is …«

»Geh, tun Sie doch nicht so! … Wir sind doch allein, Herr Loi-iisi!« wird sie drauf zudringlicher, aber wenn sie auch noch so einladend lacht, der Loisl ist nicht zu erweichen. Er schaut weg, kaut sein Trumm Brot und ißt seinen Speck dazu und tut, als wie wenn ihn bloß die Gegend da drunten interessiert.

»Wollen Sie nicht was von mir? … Bitte, greifen Sie ungeniert zu! … Da! Vielleicht einen tüchtigen Schluck Kognak? Haben Sie Ölsardinen gern? Bitte, Sie sehn doch, ich hab' reichlich, bitte!«

Es ist nichts zu machen mit dem Stoffel von Loisl. Nicht einmal zugreifen tut er, weil er meint, bevor man nicht absteigt, soll man sich den Bauch nicht so vollessen. Eiskalt bleibt er, nimmt aus seiner alten Feldflasche einen Schluck kalten Tee und steht wieder auf.

»Was? Schon?« jammert sie und schaut ihn an wie eine demütige Betschwester ihren Heiligen: »Schon! … Ich bin doch noch so müd! Wie lange haben wir's denn noch?«

»A Stund, guat noch! … Und wenn ma so lang 'rumziagn, werd's unbandi hoaß«, sagt er und mustert insgeheim die Sitzende, die sich langsam und recht unlustig den Spenzer wieder zuknöpft. Alle zwei Augen voll Busen nimmt er, ohne daß sie was davon spannt. Er hilft der winselnden Mimi auf, und sie zumpeln wieder weiter aufwärts. Er hat nichts dagegen, daß sie sich, wenn der Weg breiter wird, an ihn hängt und dabei mitunter recht süßlich lobend sagt: »Mein Gott, sind Sie aber stark, Herr Loi-iisl! So ein Mann, das wäre das Rechte für mich!« Er lacht sie endlich ein wenig an und sagt zweideutig: »Soso …« Alsdann aber geht er gleich wieder fester weiter und sagt schließlich nüchtern: »Wenn mir üns dro'hoitn, hobn mir's ja boid!« Da bleibt nichts weiter übrig für die geplagte Mimi, als mitzuhalten, so gut und schlecht wie es halt geht. Oft aber, wenn sie hinter diesem stoffligen Kerl geht, schüttelt sie ihren rothaarigen Kopf, und man sieht es ihrem schwitzenden Gesicht an, daß sie grundfroh ist, wenn dieses zuwidere Herumsteigen vorbei ist.

Endlich, endlich also ist man oben und kann ordentlich ausrasten, kann sich verschnaufen und weiß, daß es von jetzt ab leichter wird. Sonderbar, jetzt ist auch der Loisl auf einmal wie verwandelt.

»So«, sagt er lustig und wischt sich mit der Hand die nasse Stirn ab: »So, jetz pressiert's nimmer, Frau Mimi ... Jetz loßt si aa anders redn miteinander ... Jetz mog i an Kognak und oiß, wos S' ma gebn ...« Das elektrisiert sie, und gleich hockt sie bei ihm, ganz eng bei ihm. Er hat auch gar nichts mehr dagegen, durchaus nicht!

»Frau Mimi?!« fangt sie ein bissel schmollerisch zu reden an: »Sag doch Mimi zu mir ... Mimi! Bitte!« Jedes ausgewachsene Mannsbild, das wo kein Hackstock ist, kennt ja, wie so ein anbieterisches Zureden inwendig in einem wirkt.

»Also guat, Mimi! Mimerl, wenn's dir recht is ... Geh her zu mir, Mimerl!« hat der Loisl gesagt, und was weiter passiert ist, das ist gewiß nicht schwer zu erraten.

Wie die zwei aber nachher aufgefrischt und lustig beieinandergehockt sind, da hat sich die Mimi doch nicht halten können und den Loisl gefragt: »Sag einmal, Loi-issilein, hast du dich jetzt am Anfang bloß so verstellt, oder was sonst? Ich hab' wirklich gemeint, du liebst mich nicht, und jetzt auf einmal – jetzt hast du mich fast auffressen wollen? Wieso denn auf einmal das?«

»No«, hat auf das hin der Loisl schief lachend gesagt, indem er auf die Stelle gedeutet hat, wo das ist, was ein Mannsbild von einem Weiberts unterscheidet: »Noja, jetz hot's einfach sein müßn! Der Kerl hot mi ja schon bei der ganzn Steigerei gor zu arg geniert …«

Ludwig Steub

Auf der Alm

Die Almerinnen führen fast ein Leben wie die Elfen, streifen in der Frühe mit leichten Sohlen über die tauigen Alpenkräuter, verschwinden im Morgennebel, singen aus dem Felsgestein, daß man nicht weiß von wannen es kommt und schallt, trinken nur Milch und Wasser und schlummern im Heu, das sie kaum eindrücken. Das Almenleben hat so viel eingeborene Poesie, daß selbst die Tausende von Schnaderhüpferln und die schönsten Lieder vom Berge sowie die süßinnigsten Zithermelodien diesen tiefen und wahren Zauberbrunnen nicht ganz ausschöpfen. Wenn einer einmal einen dreibändigen Walter Scottschen Roman darüber schreiben wollte, der würde sehen, was ihm da alles entgegenkömmt: Die Almerin selbst mit ihren achtzehn Jahren und ihrem unbewachten Almenherzen, die Jägerburschen mit ihrem Stolz, die Wildschützen mit ihrem Haß, der Bauer im Dorf unten mit seiner Bäuerin, der Schwärzer mit seinem Tirolerwein, der Grenzwächter mit seiner Pflicht, der Kaplan mit seinem wunderbaren Finger Gottes, der städtische Reise-Enthusiast und Bergbesteiger mit seiner Dummheit, der Münchner Maler mit seinen himmlischen Gedanken, die er nie verkörpern kann, der Praktikant vom Landgericht mit seinen bösen Lüsten, der feurige Bue von der Zell mit seinen eifersüchtigen Ansprüchen auf das Almenherz, nach dem so viele trachten, dazu die Hütte, die Herden, der düstere Hochwald, die Mittagsonne auf den einsamen Triften und die Mondscheinnächte, wo Mädchenworte am weichsten klingen – es könnte einer mit der rechten Kunst schon etwas Monumentales daraus aufbauen. Daß aber keiner darüber geht, der's nicht versteht, sonst zerreißen wir ihn, wie die thrakischen Weiber den zweckwidrigen Sänger Orpheus, und werfen sein Haupt in den Innstrom, auf daß es traurig jodelnd hinausflöze in das almenlose Flachland.

Eine Almenhütte ist gewöhnlich so gelegen, daß ihr ohne Mühe und Beschwer nicht beizukommen ist. Das Vieh tritt nämlich an diesem seinen Sammelplatz den Rasen auf und weicht ihn mit allerlei natürlichen Mitteln durch und durch. Hat man aber, etwa von einem Stein zum andern springend, diesen Stadtgraben, das »Tret«, glücklich zurückgelegt, so lohnt ein freundlicher Willkomm der Sennerin und alles Gute, was Almenwirtschaft bieten kann. Küche, Speise- und Sprechzimmer sind derselbe Raum, nebenan ein Schlafgemach, rückwärts ein geräumiger Stall für die Stunden eines Unwetters oder zu großer Sonnenhitze. Vor der Hütte sprudelt ein Brunnen mit klassischem Wasser. Innerhalb ist der Herd, zugleich auch Ruhebank, mit einem großen Käsekessel. An den hölzernen Wänden sind Schüsselrahmen, mehrere Pfannen, Milchkübel und dergleichen. Da die Kultur, wie schon hundertmal gesagt, alles beleckt, so findet man auch sächsische Steingutteller und Tassen mit Ansichten aus der sächsischen Schweiz oder vom Rhein. In einer Ecke ist ein kleines Kruzifix und etliche Heiligenbilder ringsum, was die Idee eines Hausaltärchens andeutet. Auch sonst finden sich da und dort zum Zierat verschiedene Malereien angeklebt. So sieht man in einer Hütte auf einem großen Bilderbogen eine Schlacht der Franzosen mit den Kabylen dargestellt, und selbst aus den Tagen unserer eigenen Bewegung haben einige Bilder schon die Hochalmen erreicht.

Die Sennerin ist an Werktagen voller Schmutz, welcher sich jedoch kegelförmig verjüngt. Während nämlich die Füße von der Begehung des Trets sich in einem Überschuh von idyllischem Alpenkot züchtig verhüllen und so jedes Urteil über Größe oder Kleinheit trüglich machen, so nimmt die Reinlichkeit nach oben immer zu, über Mieder und Rock, und das Gesicht wird des Tages sogar mehrere Male gewaschen. Nicht selten sind ein paar schöne blaue Augen darin und etwas erlaubte rotbackige Schalkheit, um welche sich blonde Haare ringeln. Eine halbe Stunde Rast hat da noch wenige Junggesellen gereut. Seltsam klang aber die Antwort, als man sich diesmal nach der Liebe erkundigte: Selbe sei hierorts ganz abgeschafft! Als man sich auf einige Almenlieder bezog, welche die Sache in einem anderen Licht darzustellen scheinen, entgegneten die Almerinnen, das sei Poesie und zum guten Teil Verleumdung. Auf den Audorfer Almen empfange man nur anständige Besuche und nach dem Gebetleuten überhaupt keine. Sonst habe man genug zu tun, die Kühe zu melken, zu buttern, zu kochen und die Hütte aufzuwaschen; denn wenn auch die Mädchen selber schmutzig sind, ihre Herberge wissen sie sehr reinlich zu halten. Am Abend dann, nach getaner Arbeit setzen sie sich auf die Sommerbank vor der Türe und jodeln ihre lieblichen Weisen in den Äther hinaus. Des Sonntags legen sie ihre schönsten Gewänder an, gehen allenfalls ins Tal hinab zur Kirche oder besuchen sich oben, auch aus größeren Fernen, um miteinander zu plaudern, zu singen und Zither zu spielen. Übrigens tut man unrecht, wenn man sich die Dirnen gar zu naiv und alpenhaft vorstellt.

Hier also, lieber Leser, hier erscheine um den Tag Mariä Himmelfahrt herum, auf den sich alle Kräuter freuen, und wenn der liebe Gott deine Sünden nicht durch Regenwetter straft, vielmehr zur Belohnung deiner Verdienste um Staat und Kirche der zitternde Sonnenglast und der tiefblaue Äther über den Hochweiden liegen und alles über die schöne Sommerzeit frohlockt, die Blümlein und die Kühlein und Sennerin, so kannst du deine eingebildete Wichtigkeit vergessen und dich mit heiterem Abandon in dem vollen Grase wälzen und dich ganz aufgehen lassen in almerischer Lust. Hier kannst du mit wonniglicher Neugier dich umtun um alle die sieben Sachen, die dir in der Schreibstube fremd geworden, kannst auch selber die Rinder melken und den Butter ausrühren.

Für uns Süddeutsche ist's ein wahres Unglück, daß Butter, welches früher männlich war und in Schwaben, Bayern, Österreich annoch ist, hinter unserem Rücken weiblich wurde. Wir erlernen's nicht und blamieren uns nur damit in den Teezirkeln. Die Sennerin lacht sich zwar schief, wenn ein norddeutscher d i e gute Butter lobt, aber was hilft uns das?

Hermann Lingg

Edelweiss

Hoch auf Felsen, nah beim Eis,
Nahe bei dem Licht der Sterne,
Blühst du, holdes Edelweiß,
Allen andern Blumen ferne,
Fern von aller Frühlingslust,
Einsam an der Felsen Brust.

Wo nur Blitz und Donner wohnt,
Und nur scheue Gemsen lauschen,
Adler und Lawine thront,
Wilde Wasserstürze rauschen,
Tod und Schrecken dich umdräu'n,
Blühst du wonniglich und rein.

In der Sonne letztem Glühn,
Eine letzte Lebensschwinge,
Fand ich dich am Abgrund blühn,
Nur dem schönen Schmetterlinge,
Dem Apollo winkst du zu,
Schwester Luna, bleiche du.

So steht wohl in edlem Schmerz
Einsam nah dem Himmel droben,
Einsam stolz das Menschenherz,
Das ein Loos, von Glanz umwoben,
Hingab als der Freiheit Preis,
Wie du blühest, Edelweiß.

Joseph von Westphalen

Der Berg ruft

Jeder Schritt ist eine Qual, als wären die Schuhe aus Blei. Dabei handelt es sich um ein sündhaft teures Paar Leichtbergschuhe mit der vielgepriesenen Super-Vibram-Weichtritt-Crack & Roll-Sohle. Das Seitenstechen ist vorbei, dafür breitet sich vom Magen her eine ungewohnte Übelkeit aus. Das Herz hämmert, der Atem pfeift, der Rücken ist pitschnaß geschwitzt, der Rucksack drückt, die Riemen schneiden ein, obwohl sie breit und gepolstert sind. Der Abstand zu den beiden erbarmungslosen Freunden wächst ständig. Immer häufiger bleibt der Geschundene stehen. Die anderen haben es vermutlich schon gemerkt: Hier macht einer schlapp. Die Einsicht ist wie eine Befreiung. Matt ruft er nach vorn: »Ich kann nicht mehr!« und läßt sich erlöst – jetzt ist es gesagt – auf einem Felsen nieder.

Die Szene spielt nicht im Himalaja – sondern in den Alpen, auf einer bequemen Bergwanderung für halbwegs Geübte, lächerliche 2300 Meter über dem Meeresspiegel, der Gipfel ist in greifbarer Nähe. Verflucht sei der Tag, an dem beschlossen wurde, hier in den Alpen und nicht wie gewohnt an der See Ferien zu machen, verflucht der Augenblick, in dem man sich breitschlagen ließ, auf diesen gottverdammten Berg zu steigen.

Die beiden Freunde sind stehengeblieben und versuchen, das Bündel Elend durch Zuruf und über eine Distanz von etwa hundert Metern wieder aufzurichten. Jeder hat eine andere Methode. Der eine ruft etwas von der Notwendigkeit des Durchhaltens, der andere motiviert begütigend, daß es ihm auch schon oft so ergangen sei, aber in zehn Minuten seien sie am Gipfel, dann würden sie eine lange Rast einlegen und danach in aller Ruhe absteigen, auf der anderen, schöneren und bequemeren Route; wenn er jetzt nicht mitkäme, müßte er allein wieder denselben Weg hinuntergehen – das wäre doch sinnlos.

Sinnlos ist das Ganze sowieso, denkt unser Held. Was soll das ganze Rauf und Runter, das kann man sich sparen. Er träumt vom Tal, von Gartenwirtschaft, Bier, von Schweinebraten, Schwimmen im See, mit Blick auf ferne Berge im sommerlichen Gutwetterdunst. Was soll das Hinaufgehatsche, was soll das Gipfelerlebnis, was der angeblich schönere Abstieg. Er weiß nur: Nie wieder wird er sich überreden lassen, auf einen Berg zu steigen.

Von unten naht die nächste Gruppe, zwei Männer, zwei Frauen, sie gehen mühelos bergan, sie reden und lachen. Walter auf dem Steine, Lehrer aus Lüneburg, Itzehoe oder sonst woher, tut so, als habe sich ein Schnürsenkel gelöst, pfeift lässig vor sich hin und bindet sich die Leichtbergschuhe neu, während die zwei Pärchen fröhlich grüßend an ihm vorbeisteigen. Dann rappelt er sich auf, hängt den schweren Nylonrucksack wieder um und stapft los. Die beiden Freunde oben wenden sich befriedigt wieder dem Aufstieg und dem Gipfel zu.

Schwerer als jeder Rucksack, den der Bergsteiger mit sich herumschleppt, drückt die Bergsteigerideologie. In der beschriebenen Szene geht es zwar noch nicht um die bei jeder großen Tour auftauchende, unter Umständen endgültige Frage, ob das Queren des Lawinenhangs eher zu verantworten sei als der Abstieg, aber schon im Augenblick harmloser Ermattung zeichnet sich deutlich die Paradoxie des Bergsteigens ab. Dem Schlappmacher in seinem Tief unterhalb des Gipfels kommen Erkenntnisse; wozu die Mühe, die Strapazen, sagt er sich, wozu ein Ziel, es lohnt sich nicht, der Sieg scheint sinnlos, der Rückzug lockt.

Durchaus vernünftige Erkenntnisse, denn das Siegen,

Durchhalten und Überwinden – ob von Gletscherspalten, Überhängen, inneren Schweinehunden oder anderem – ist kaum ein Zeichen großer Hellsicht. Pausenlos muß der Bergsteiger etwas bezwingen, unentwegt etwas beweisen – sich selbst, seinen Kameraden, seinen Konkurrenten oder gar, nationalistisch, als Deutscher den Engländern, als Franzose den Amerikanern oder umgekehrt. Das Ganze gipfelt buchstäblich in dem psychologisch ohnehin fragwürdigen Deflorationsfetischismus der Erstbesteigung, wo das verschrobene intime Gelüst, dort gewesen zu sein, wo vor einem noch nie ein Mensch sich befand, zum kolonialistischen Ereignis emporstilisiert wird. Die Fahne wird aus dem Rucksack gerissen, die Stange ins ewige Eis gerammt und der Fotoapparat gezückt: Sternstunde des Alpinismus.

Das Bergsteigen ist für die Vertreter der alten väterlichen Weltbilder die normalste Sache der Welt, wird doch bei der Bergtour das Leben sinnbildlich durchgespielt: Erst geht es bergauf und dann bergab, die Sache ist anstrengend und gefährlich, ganz wie das Leben, voller Hindernisse, Schönheiten, Belohnungen, Risiken. Es gibt Bewährungsproben der eigenen Kräfte und der Freundschaften, es triumphieren die alten Tugenden wie Mut und Verzicht, Tollkühnheit. Und ewig lockt das Unbekannte. Somit hat das Bergsteigen durchaus eine märchenhafte Komponente: Die Besteigung des gefährlichen Gipfels allen Warnrufen der Eltern zum Trotz ist alpines Initiationsritual und tragisches Ausleseverfahren. Den Schwächling holt sich der Berg. (Intelligent parodiert wird das schauerliche Ritual von dem österreichischen Sänger Wolfgang Ambros auf seiner Platte »Der Watzmann ruft« in dem Lied »Aufi, Aufi!«, wo der Sohn dem Ruf des Berges folgend in die Katastrophe eilt: »Voda, Voda, loß mi ziang, der Berg, i muaß eam unterkriang« – Vater, Vater, laß mich ziehn, der Berg, ich muß ihn unterkriegn.) Sieht man von dem Renaissancepoeten Francesco Petrarca ab, der schon

1336 Lust verspürte, den Mont Ventoux in Südfrankreich zu besteigen (welcher allerdings nicht zu den grimmen alpinen Riesen zählt), so ist der Lockruf der Berge nicht viel älter als zweihundert Jahre. Erst im 18. Jahrhundert begann man sich für die Entdeckung der Natur zu interessieren und ein Naturgefühl zu entwickeln. Bis dahin galt die Bergwelt als lästig, unberechenbar und gefährlich, und Gefahr war etwas, das man mied, der Berg war Reisenden und Händlern im Weg, ein Hindernis, das nur den einen Vorteil hatte: Das Zudringen feindlicher Heerscharen zu verhindern. Vom Beginn des 19. Jahrhunderts an wurde die Bergwelt romantisiert, das heißt als ein schaurig-schönes, sturmumtostes, todesnahes, verrätseltes, sonnendurchflutetes, nebelumwabertes, wetterwendisches Ebenbild des Lebens dargestellt – ein Bild, das noch heute in den Köpfen von Gebirgsurlaubern spukt, die beim Anblick majestätischer Bergriesen respektvoll erstarren und sich dorthinaufwünschen.

Dieses Naturgefühl ist paradoxerweise unnatürlich. Es ist ein Kulturprodukt. Natürlich und vernünftig wäre es, die Gipfel Gipfel sein zu lassen, spätestens nach Abstürzen einzusehen, daß es wenig Sinn hat, steile Berge zu erklimmen, und daß dort oben nichts zu holen ist: keine Erkenntnisse, keine Schätze, keine Fabelwesen, keine Göttergunst. Der »unkultivierte« Naturmensch meidet vernünftigerweise die Gipfel der Berge ebenso wie das Innere des Waldes. Die Suche nach dem Abenteuer ist ein modernes Ventil. Man sucht freiwillig und spielerisch den Umgang mit der Gefahr – nicht selten mit tödlichem Ausgang.

So ist das Bergsteigen ein Unsinn – als solcher aber hat er seinen Stellenwert, wie auch die Zirkuskünste, das Autorennfahren, Weltumsegeln, Wildwasserkajakfahren oder der Boxsport. Schwer zu sagen, welche dieser Liebhabereien weniger unsinnig, gefährlich und zerstörerisch ist.

Christian Morgenstern

Bergbäche

Tag und Nacht die nasse Fracht
trägt der steile Sturzbach nieder.
Rings im Hochland hundert Brüder
stürzen gleich ihm, Tag und Nacht.

Schlafgemiedne Seelen ruhn
gern am Busen solcher Bäche,
ihre Unrast, ihre Schwäche
dort ein Weilchen abzutun.

Strömen gleichsam mit zu Tal …
Und nach stundenlangem Fließen
löst ein Schlummer sie zu Füßen
des Gebirgs von aller Qual.

Julian Schutting

Jausenstation Aschinger

JAUSENSTATION ASCHINGER. sonnseitig an der weißgekalkten Hausmauer zu sitzen, auf der an sie herangerückten Hausbank, an dem Ende des langen Tisches, von wo man in den Steintrog langen kann, aus einem ausgehöhlten Baumstumpf fällt die Hausquelle als ein armdicker Brunnenstrahl hinein – das wäre die Lokalisierung der einstmals ruhigsten Einkehr ins Salzkammergut, nicht aber eine Lobpreisung des Kargen und Bodenständigen als des einzig Wahren:

die weiße Wand (nie hat sie herhalten müssen als eine Stütze der feierlichen Leere ›reines Sein‹) suggeriert bloß eine solche Sauberkeit, daß einem der von der nächsten Tür herangetragene Kuhstallgeruch samt dem Kettengerassel der daher von Fliegen behelligten Kühe den hausgemachten Topfenkäs nicht verleidet, als ein kleines Schneefeld reflektiert sie die Sonnenstrahlen, was die kühlen Tage wärmer macht, aber auch heiße weniger heiß, jeder dunstige Himmel wird durch sie blauer,

der lange schmale Holztisch hat schon deshalb nichts von einem Abendmahltisch, weil man, eifersüchtig bedacht, die Berge, den See und die Almen mit niemandem teilen zu müssen, schon im Näherkommen ausschaut, ob die zugekehrten Touristen ohnehin lieber an den gedeckten Gartentischen vor der Hausfront jausnen – daß an ihm, rückt man eine zweite Bank heran, gut zehn Personen Platz finden, heißt man aber gut, wenn einem bang wird bei dem Gedanken, wie lange es her ist, daß man eng zusammengerückt hier zu zweit gesessen ist in ein und demselben Wohlgefühl, fremde Tischgesellschaft, die dann scheinbar beeinträchtigt, was doch am schnellsten wiederherzustellen ist in einem Sich-taubmachen gegen ihre Unterhaltungen, gleich wieder ist hier zuzukehren eine Einkehr in den Trost, daß in der Betrachtung gemeinsam lieb gewonnener Natur das weiterlebt, was uns überdauert haben wird.

die Sitzbank ist aus blondem Weichholz gemacht, zwei wie ein Brettersteg federnde Bretter die Sitzfläche, den Kopf an der Mauer lehnt man nebeneinander da wie die vielen glücklichen Male, schaut, dadurch fast wieder eins mit dem, was man verloren geglaubt hat, über die Almwiese hinweg auf den er selber gebliebenen See hinunter, steigt, den Blick des anderen mitzuziehen in mit ihm nie Geteiltes, vom gegenüberliegenden Ufer zu den Schattenrissen der Berge hinan, fächert sich auf in die immer schmäleren und blasseren Höhenschichten der Berge dahinter, um, davon sich schon leichter, in weiten Sprüngen die Schotterfelder und Almen hinunterzujagen und atemlos dorthin zurückzuspringen, wo man soeben noch matten Herzens gesessen ist, noch schneller hinunter durch den jenseitigen Wald, und sich dann zurückzuheben über den See, sich die Wiesen herauf hierherzutreiben, damit, wie eine gewaltsame Geisterbeschwörung betrieben, die Wiedersehensfreude sich heftiger rührt – eine Ablenkung von dem Mißlingen, daß sie sogleich auf dieses Nebeneinanderlehnen überspringe, die bis zur Hälfte bewaldeten Felsstöcke, von dem Grau des Tisches sind sie, in den man eine Jahreskerbe schneidet, wie Knochen, von denen es das Fell und das Fleisch gefetzt hat, stehen sie aus dem Wald heraus. nicht immer hat man sie so gesehen, daher lieber hinter einem Steilabfall, der das Ende des Sees zu begrenzen scheint, ein anderes Seestück auftauchen lassen, es ist von milderem Blau und auf seine Milde möchtest du gestimmt sein, aus dem Dunst wachsen Berge wie Wolken, durch sie hindurch vermeint man in einen noch helleren Himmel zu sehen, nur diesseits des Sees bleiben die Berge scharfkantiger Fels. von dem Hin und Her zwischen zweierlei Seelenlagen ein und derselben Landschaft ruhiger geworden, sich in den Erdgeruch der fleischigen und roten Pelargonien zurückzubeugen und in die Hausschwalben hinaufzuschauen, tief eingekerbt ihre Schwanzflügel, kleine Laute kerben sie in den Himmel, schmächtig die Zwetschkenbäume, deren Schnaps man trinkt, spitzwinkelige Doppelkerbe, die ein Dampfer dem Wasser einschneidet, Wasserzeichen, das endlich die Heimkehr in die vergangenen Sommer beglaubigt, dieses Detail hat meinen Kopfbildern gefehlt von dem sich weitenden Rundblick in unsere Regeneration, genau hier – sich das Jahr über aus Pflichten und Nüchternheitsschmerz hierherzuwünschen gehört dazu, daß das ein Seelenort bleibt, auch die Unruhe auf jedem ersten Anweg: beschaulich möchte man hierher unterwegs sein und beeilt sich doch nur in den Augenblick, in welchem man, auf halber Höhe aus dem Wald getreten, über eine Schlucht hinweg das Haus scheinbar auf große Entfernung daliegen hat, welches andere hätte so weiße Mauern und ein so ehrwürdiges Dach!

Wulf Kirsten

Gebirge

gebirge, abendlich,
abgeregneter himmelsbogen,
nachgedunkeltes pflaumenblau,
ich stehe oben.
die kruste liegt offnen munds,
weiß entquillt ihr der dunst.
dann zu schmecken der erde kühlen atem,
waldfarbnen, laubigen tag,
wie er zergeht,
kaum merklich erst
über den kämmen!
aus den kesseln dampft der sommerregen auf.
weit in den abend hin
wie beiläufig noch ein wortwechsel,
schall und widerhall von schrundigem fels.
bergsteigerstimmen, rauhkehlig.

Peter Rosegger

Nacht

Wenn ich fragen wollte, welche Jahreszeit euch die liebste ist, die mit den längsten Tagen oder die mit den längsten Nächten? so würdet ihr als vernünftige Leute antworten: Keine von beiden; wir lieben stets den goldenen Mittelweg, also jene Jahreszeit, in welcher der Tag zur Nacht in gutem Gleichgewichte steht – den Frühling und den Herbst. Und insofern ich auch ein wenig vernünftig bin, würde ich ganz dasselbe antworten. Insofern ich aber unvernünftig bin, ein Poet oder so etwas, dürfte ich mich für das Außerordentliche entscheiden und sagen: Ich liebe die kürzeste Nacht, weil sie den längsten Tag hat, und ich liebe den kürzesten Tag, weil er die längste Nacht bringt.

Es ist ja recht anständig, wenn man wie im Frühjahre und im Herbste mit Sonnenaufgang zur Arbeit geht und mit Sonnenuntergang Feierabend macht. Aber herrlich ist die Zeit, in der die Sonne nicht auslischt. Karl der Große glaubte ein Reich zu beherrschen, in welchem die Sonne nicht untergeht. Ich kenne im Lande einen hohen Berg, der zur Hochsommerszeit fast dasselbe von sich sagen könnte. In der Stunde vor Mitternacht hat der westliche Eishang seiner Spitze Phosphorglanz. Er haucht noch Lichtäther des vergangenen Tages aus. Und bald nach Mitternacht hebt der östliche Firn an, sich zu lichten. Nach ein Uhr kommt ein Rosenhauch über ihn, nach zwei Uhr gleicht er dem feurigen Eisen, das der Schmied aus der Esse hebt, nach drei Uhr, da die umliegenden Berge schon in milchigem Lichte stehen und die Täler in blauem Schatten sich zeigen oder die weißen Seen ihrer Nebelschichten enthüllt haben, leuchtet die Bergspitze schon wie Metall, aus dem man Sonnen schmiedet – plötzlich lodert sie in blendendem Feuer und Licht, Licht flutet nieder von allen Hängen. Im Osten steht sie, die uns alles Gesicht spendet und nimmt. Nichts ist natürlicher, als der Sonnenkultus gewisser Völker, und nichts ist unnatürlicher, als daß dieser Sonnenkultus nicht bei allen Völkern der Erde zu allen Zeiten geherrscht.

Die Menschen ruhen zu dieser Stunde noch in ihren Wohnungen. Der eine oder der andere schlägt vielleicht einmal seine Augen auf. Taghell ist es in der Stube, aber er kehrt sich auf die andere Seite. 's ist lichte Nacht und noch nicht Aufstehenszeit! Endlich ist auch das Nachschläfchen vorüber, die Sonne ist zum Fenster hereingestiegen, kitzelt ihn in den Lidern, wie Samenkörner keimen die Augensterne auf, der Mund tut noch faul und gähnt, hei! da scheint ihm die Sonne bis in den Hals hinab. Im Winter prangt die Sonne um Mittag kaum höher am Himmel, als sie jetzt steht, da das Menschenkind sachte aus seinem Neste kraucht und seinen Morgen anhebt. Die Schatten der Bäume sind kurz geworden, doch funkelt in ihnen noch Tau. Die älteren Blumen falten ihre Blätter fast schamlos auseinander, aber auch die jüngeren lokkern ihre Knospen und tun dürstend ihr Inneres auf – sie können ja nicht anders, der Sonnenstern küßt sie mit heißer Gier. Und tragisch ist das Geschick der Liebe! Bald senken sich welk die bunten Häupter, die Blätter sinken lautlos zur Erde, der Sonnenstern aber steht im Zenith und besorgt mit erbarmungsloser Glut das Reifen der Wiesen. Den Vögeln ist das Singen vergangen, es sind Stunden der Ruhe, unerquicklich, unwirtlich wie Wüstenschauer, es ist eine glühende Nacht mitten am Tage. Erst nach vier Uhr, zu jener Zeit, da im Winter die Dämmerung eintritt, hebt eine ersprießlichere Epoche des Tages an, der ja endlos, endlos ist. Denn selbst wenn die Sonne versinkt hinter dem mit zartesten Wölklein verbrämten Gesichtskreise, ist's immer noch hell und wonnig, und dem Menschenkinde werden eher die Augen müde, als des Tages letzte Lichter vergangen sind. Selbst in den Niederungen kann man zu dieser Hochsommerszeit sprechen von einem zwanzigstündigen Lichttage, auf hohem Berge waltet ein vierundzwanzigstündiger, der nur einmal auf ein kurzes Weilchen die Augen schließt. Eintagsfliegen! Wer verachtet sie denn? Sie leben ja eine kleine Ewigkeit, sie erleben mit offenen Sinnen an einem einzigen Sonnentage mehr, als ein mattherziger Mensch in achtzig Jahren. Und wenn am Abende die Fliege altersschwach unter dem Urwaldstamme eines Grashalmes ruht und zurückdenkt an die seligen Zeiten der Jugend, da die Seen der Tautropfen zitterten auf den grünen Auen des Ahornblattes, wird sie vielleicht elegisch und hebt an zu säuseln: »Lang', lang' ist es her!«

Dichter pflegen das menschliche Leben mit einem Tage zu vergleichen. Kindheit – Morgen, Manneszeit – Mittag, Greisenalter – Abend; sie machen also auch den Menschen zu einer Eintagsfliege. Wie kommt es aber, dass im Gehirn einer s o l c h e n Eintagsfliege ein Maßstab vorhanden ist, der unendlich größere Zeiten und Räume zu messen vermag, als sie der Mensch braucht? Hier geht die Verwandtschaft d i e s e r Eintagsfliege mit dem Ewigen an; der Mensch weiß, daß die heute mit ihm niedergesunkene Sonne morgen wieder aufgeht.

Der Sommer ist ein Gefühl

O wie fühlt dich ein
treibender Feigenbaum
oben im Mondschein

Rainer Maria Rilke

Halldór Laxness

Asa

Asa! Wer vermöchte die schönste Geschichte auf der Welt zu erzählen, die Geschichte deiner blauen Augen? Für mich, der ich ihr Zeuge war, wird sie nur eine heilige Erinnerung an das Symbol dessen, was rein und schön ist.

Seit vielen Jahren schon stehen deine Augen am Himmel meiner Seele wie zwei blaue Sterne. Und diese Sterne haben mir aufs neue einen Weg zu den Blumen gewiesen, und zwar als sehr viel auf dem Spiel stand. Du warst das Wunder meines Lebens, Asa.

Ich kann es noch immer kaum verstehen, daß mir das Glück beschieden war, dir auf meinem Weg zu begegnen, daß es meinen verblendeten Augen gestattet war, sich vor deiner Schönheit zu öffnen, die mächtig war wie der ewige Tag des nordischen Frühlings, vor deiner Reinheit, die nicht ihresgleichen hatte, außer der Tauträne auf dem Blütenkelch des Veilchens.

Das Wunder meines Lebens warst du. Denn ich war durch leuchtend grüne und dicht belaubte Wälder gewandert, hatte aber nur vertrocknete Blätter und vermoderte Stämme gesehen; war über üppige Wiesen gegangen, hatte aber nur verdorrtes Gras und vom Wind verödete Erde gesehen. Wie der Duft südländischer Gewächse nach einer feuchten, finsteren Nacht die Morgenluft erfüllt, so verbreitete sich der Glanz deiner blauen Mädchenaugen über die Einöde meiner Seele. Du tanztest leichtfüßig im Gras, und ich sah in deinen Spuren die Blumen wachsen. Und seitdem habe ich an windstillen Tagen oft die Mutterstimme der Natur selbst von den Lippen der Blüten auf der Wiese herabsteigen und mit der Stimme der Ewigkeit, die aus dem Wald herausdrang, Zwiesprache halten hören.

Asa, wie der heilige Stern haben deine blauen Augen mir den Weg in den Traum der Anbetung gewiesen, und ich bin am klaren Wasser des Lebensquells gesessen und habe der ganzen Welt Lob gesungen.

Die Erinnerung an dich ist der Reichtum meines Herzens, und wenn ich auch viel verloren habe, so bin ich doch reich wie ein junger Bräutigam, denn nichts hat den Reichtum meines Herzens verringern können, das kostbarste Geschenk meines Schicksals, die Erinnerung an deine blauen Augen, Asa.

Vor vielen Jahren kam ich in das Haus deiner Eltern, wo mich die Gastfreundschaft mit offenen Armen aufnahm. Ich kam aus dem Süden, aus dem Ausland, und hatte alles mögliche an Wissen erworben und alles mögliche an Kummer erlebt, ich hatte Ruhmestaten vollbracht, war aber auch auf Irrwege geraten. Bei euch blieb ich den ganzen Sommer über, und als es Herbst wurde, reiste ich wieder südwärts in die Welt hinaus, geladen mit der Kraft des Nordens, mit der wiedererweckten Sehnsucht in der Brust, mir neues Wissen anzueignen, mit erneuertem Mut, neuen Enttäuschungen zu begegnen.

Du warst so jung und so rein, und mir kam es wie ein Sakrileg vor, in deiner Nähe zu sein. Doch wenn ich mich kurze Zeit von dir entfernte, wurde ich ganz krank vor Sehnsucht. Und du gingst unbeschwert im Garten umher und wußtest nicht, daß du schön warst. Ich war der Arme, der Bettler, der keine Hochzeitskleider hat, aber dennoch sich sehnlichst wünscht, an dem Fest teilnehmen zu dürfen.

Erinnerst du dich an den Abend vor meiner Abreise, als deine Mutter in der Dämmerung Klavier spielte? Erinnerst du dich, wie deine kleine Mädchenhand in meiner Hand lag und zitterte? Erinnerst du dich, wie dein Herz klopfte? Und ich war der Mann, dem es vergönnt war, die kostbarste Perle der Meerestiefen einen Augenblick lang in seiner Hand glänzen zu sehen.

Tags darauf reiste ich ab, um meine Verlobte und all meine Freunde im Süden wiederzusehen.

Ich wußte damals nicht, doch ich weiß jetzt, daß das kostbarste Geschenk meines Schicksals die Hauptsünde meines Lebens wurde. Wenn ich dir heute wieder auf dem Weg begegne, verstehe ich, was ich getan habe: Deine Augen sind jetzt schwarz.

Paul Heyse

Mittagsruhe

Goldner Nebelsonnenduft
Überhaucht Gebirg und Flur.
Droben steht ein Wölkchen nur
In der windstill reinen Luft.

Auf dem See ein Fischerkahn
Mit den Segeln gelb und blau,
Drauf gemalt die Himmelsfrau,
Zieht wie träumend seine Bahn.

Rings kein Laut der wachen Welt
Um des Monte Baldo Thron,
Gleich als wüßten's Alle schon,
Daß der Alte Siesta hält.

Leis am Ufer gluckst die Flut;
Auch der Kummer, der zu Nacht
Mich um meinen Schlaf gebracht,
Hält den Atem an und ruht.

Rainer Maria Rilke

Erlebnis

Es mochte wenig mehr als ein Jahr her sein, als ihm im Garten des Schlosses, der sich den Hang ziemlich steil zum Meer hinunterzog, etwas Wunderliches widerfuhr. Seiner Gewohnheit nach mit einem Buch auf und abgehend, war er darauf gekommen, sich in die etwa schulterhohe Gabelung eines strauchartigen Baumes zu lehnen, und sofort fühlte er sich in dieser Haltung so angenehm unterstützt und so reichlich eingeruht, daß er so, ohne zu lesen, völlig eingelassen in die Natur, in einem beinah unbewußten Anschaun verweilte. Nach und nach erwachte seine Aufmerksamkeit über einem niegekannten Gefühl: es war, als ob aus dem Innern des Baumes fast unmerkliche Schwingungen in ihn übergingen; er legte sich das ohne Mühe dahin aus, daß ein weiter nicht sichtlicher, vielleicht den Hang flach herabstreichender Wind im Holz zur Geltung kam, obwohl er zugeben mußte, daß der Stamm zu stark schien, um von einem so geringen Wehen so nachdrücklich erregt zu sein. Was ihn überaus beschäftigte, war indessen nicht diese Erwägung oder eine ähnliche dieser Art, sondern mehr und mehr war er überrascht, ja ergriffen von der Wirkung, die jenes in ihn unaufhörlich Herüberdringende in ihm hervorbrachte; er meinte nie von leiseren Bewegungen erfüllt worden zu sein, sein Körper wurde gewissermaßen wie eine Seele behandelt und in den Stand gesetzt, einen Grad von Einfluß aufzunehmen, der bei der sonstigen Deutlichkeit leiblicher Verhältnisse eigentlich gar nicht hätte empfunden werden können. Dazu kam, daß er in den ersten Augenblicken den Sinn nicht recht feststellen konnte, durch den er eine derartig feine und ausgebreitete

Mitteilung empfing; auch war der Zustand, den sie in ihm herausbildete, so vollkommen und anhaltend, anders als alles andere, aber so wenig durch Steigerung über bisher Erfahrenes hinaus vorstellbar, daß er bei aller Köstlichkeit nicht daran denken konnte, ihn einen Genuß zu nennen. Gleichwohl, bestrebt, sich gerade im Leisesten immer Rechenschaft zu geben, fragte er sich dringend, was ihm da geschehe, und fand fast gleich einen Ausdruck, der ihn befriedigte, vor sich hinsagend: er sei auf die andere Seite der Natur geraten. Wie im Traume manchmal, so machte ihm jetzt dieses Wort Freude und er hielt es für beinah restlos zutreffend. Überall und immer gleichmäßiger erfüllt mit dem in seltsam innigen Abständen wiederkehrenden Andrang, wurde ihm sein Körper unbeschreiblich rührend und nur noch dazu brauchbar, rein und vorsichtig in ihm dazustehen, genau wie ein Revenant, der, schon anderswo wohnend, in dieses zärtlich Fortgelegtgewesene wehmütig eintritt, um noch einmal, wenn auch zerstreut, zu der einst so unentbehrlich genommenen Welt zu gehören. Langsam um sich sehend, ohne sich sonst in der Haltung zu verschieben, erkannte er alles, erinnerte es, lächelte es gleichsam mit entfernter Zuneigung an, ließ es gewähren, wie ein viel Früheres, das einmal, in abgetanen Umständen, an ihm beteiligt war. Einem Vogel schaute er nach, ein Schatten beschäftigte ihn, ja der bloße Weg, wie er da so hinging und sich verlor, erfüllte ihn mit einem nachdenklichen Einsehn, das ihm umso reiner vorkam, als er sich davon unabhängig wußte. *Wo* sonst sein Aufenthalt war, hätte er nicht zu denken vermocht, aber daß er zu diesem allen hier nur *zurückkehrte*, in diesem Körper stand, wie in der Tiefe eines verlassenen Fensters, hinübersehend: – davon war er ein paar Sekunden lang so überzeugt, daß die plötzliche Erscheinung eines Hausgenossen ihn auf das qualvollste erschüttert hätte, während er wirklich, in seiner Natur, darauf vorbereitet war, Polyxène oder Raimondine oder sonst einen Verstorbenen des Hauses aus der Wendung des Weges heraustreten zu sehn. Er begriff die stille Überzähligkeit ihrer Gestaltung, es war ihm vertraut, irdisch Gebildetes so flüchtig unbedingt verwendet zu sehn, der Zusammenhang ihrer Gebräuche verdrängte aus ihm jede andere Erziehung; er war sicher, unter sie bewegt, ihnen nicht aufzufallen. Eine Vinca, die in seiner Nähe stand, und deren blauem Blick er wohl auch sonst zuweilen begegnet war, berührte ihn jetzt aus geistigerem Abstand, aber mit so unerschöpflicher Bedeutung, als ob nun nichts mehr zu verbergen sei. Überhaupt konnte er merken, wie sich alle Gegenstände ihm entfernter und zugleich irgendwie wahrer gaben, es mochte dies an seinem Blick liegen, der nicht mehr vorwärts gerichtet war und sich dort, im Offenen, verdünnte; er sah, wie über die Schulter, zu den Dingen zurück, und ihrem, für ihn abgeschlossenen Dasein kam ein kühner süßer Beigeschmack hinzu, als wäre alles mit einer Spur von der Blüte des Abschieds würzig gemacht. – Sich sagend von Zeit zu Zeit, daß dies nicht bleiben könne, fürchtete er gleichwohl nicht das Aufhören des außerordentlichen Zustands, als ob von ihm, ähnlich wie von Musik, nur ein unendlich gesetzmäßiger Ausgang zu erwarten sei.

Auf einmal fing seine Stellung an, ihm beschwerlich zu sein, er fühlte den Stamm, die Müdigkeit des Buches in seiner Hand, und trat heraus. Ein deutlicher Wind blätterte jetzt in dem Baum, er kam vom Meer, die Büsche den Hang herauf wühlten in einander.

Detlev von Liliencron

Einen Sommer lang

Zwischen Roggenfeld und Hecken
Führt ein schmaler Gang,
Süßes, seliges Verstecken
Einen Sommer lang.

Wenn wir uns von ferne sehen
Zögert sie den Schritt,
Rupft ein Hälmchen sich im Gehen,
Nimmt ein Blättchen mit.

Hat mit Ähren sich das Mieder
Unschuldig geschmückt,
Sich den Hut verlegen nieder
In die Stirn gerückt.

Finster kommt sie langsam näher,
Färbt sich rot wie Mohn,
Doch ich bin ein feiner Späher,
Kenn die Schelmin schon.

Noch ein Blick in Weg und Weite,
Ruhig liegt die Welt,
Und es hat an ihre Seite
Mich der Sturm gesellt.

Zwischen Roggenfeld und Hecken
Führt ein schmaler Gang,
Süßes, seliges Verstecken
Einen Sommer lang.

Ernst Augustin

Der Blitzschlag

Bebte die Erde, stand mein Herz still, sprachen die Götter? Ich glaube alles zusammen, ja, mein Atem stand auch noch still. Es war – so etwas gibt es natürlich nicht – die Liebe, der Blitzschlag, der Sturz aus rotem Himmel, der mir widerfuhr. Wie nie zuvor im Leben. Ich hatte nur immer geglaubt, es sei mir widerfahren.

Kam das Mädchen ganz nebenher durchs Gelände direkt auf mich zu – der ich am Einstieg zum Schwimmbecken lag –, ein wenig verunsichert, ja, mit gerunzelter Stirn, als sei ihr hier nicht ganz wohl zumute. Vielleicht hielt sie sich für zu dick, Frauen verstehen davon nichts. Doch als sie an mir vorbeiging, sehr groß und aufrecht, strahlte sie – nein, sie lächelte mich nicht an, mich schon gar nicht, sie strahlte, hatte ganz helle goldene Augen, die mich anfaßten. Zurück blieb verbranntes Land – – – mein Name, meine Vergangenheit, alle Vorlieben und Eigenschaften, jemals, mein gesamtes Alles, alles verbrannt.

Ich hatte dann Gelegenheit, sie im Wasser stehen zu sehen, ganz vornean, wo es noch flach ist, ihre Rückenansicht mit kleinen Rückenknöchelchen und sehr delikaten Schulterblättern. Sie stand dort eine Weile, von vorn beleuchtet, für mich also im Gegenlicht, trat noch etwas tiefer, bis ihr das Wasser zur Taille reichte, aber so blieb sie dann wirklich stehen, sehr lange, ich dachte: Was macht sie denn, meditiert sie über Wert und Unwert? Die Nackenlinie leicht zur Seite und nach vorn gebogen. Sie hatte ihre Haare hochgesteckt, so daß am oberen Nackenrand eine leichte Vertiefung zu sehen war, eine Kuhle. Ich konnte mir vorstellen, daß der Friseur daran seine Freude hatte, und bemerkte an dieser Stelle, daß ich bereits eifersüchtig war.

Plötzlich sah sie zerbrechlich aus.

Nein, das Mädchen hatte sich nicht gerührt, vielleicht ihre Nackenlinie etwas gedreht, ihr Hals war ein Lilienstengel, auf dem ein sehr kleiner Kopf aufsaß, ihre Schultern schmal, fein gekerbt, und der übrige Oberkörper noch viel schmaler und sehr, sehr fein gekerbt, so daß die Rippen zu sehen waren. Wie hatte ich denken können, sie hielte sich für zu dick, vielleicht hielt sie sich für zu dünn? Und dann, als ich noch darüber nachdachte, wie sie wohl von vorne aussehen möchte, tauchte sie plötzlich unter und schwamm in mächtigen Zügen davon.

Das paßte nun nicht zusammen. Die Mächtigkeit.

Wie ist dein Name: Petula? Indra, Julia, May, June, April (Eprill)? Oder vielleicht Sita? Ich glaube, ich wußte es sogar.

Inzwischen konnte ich das Mädchen in Abständen und an mehreren Stellen des Schwimmbeckens wiederentdecken: Sie schwamm die Länge hin und her, und ich erkannte sie an der weißen Haarklammer, sie schwamm übrigens in der Rückenlage einen unerhört langen, schlanken Schwimmstil, wie ich ihn noch nie gesehen hatte. Fast beängstigend schlank für meinen Geschmack. Und dann sah ich sie nicht mehr, ich verrenkte mir den Hals, weil ich sie weder unter den Schwimmern noch irgendwo hinten am Rand des Bekkens entdecken konnte. Meine Schöne, Strahlende, meine Bewegliche? Vielleicht war sie auch schon gegangen, und ich hatte nicht genügend Obacht gegeben? Hält man es für möglich, ich erlitt hier einen schweren Verlust, von dem ich vor einer halben Stunde noch gar nicht gewußt hatte, daß ich ihn erleiden könnte.

Und dachte noch, wie war das möglich, wie konnte das passieren. Als sie direkt vor mir im Wasser stand. Hatte mich offensichtlich unterlaufen und befand sich an der alten Stelle, nur daß sie diesmal die Vorderseite präsentierte. Mein Gott, dachte ich, sie ist kein Mädchen, sie ist eine Frau, sie hat richtige Brüste, jetzt sehe ich es erst richtig. Das Gesicht schmal, fast kindlich, nicht mehr ganz so jung – da hatte ich mich wohl geirrt –, beherrscht von einem ganz hellen, einem hellgoldenen Strahlen. Also darin hatte ich mich nun nicht geirrt.

Und sie sah mich an.

Lächelte? Lächelte tatsächlich, und zwar in meine Richtung, so daß ich mich vorsichtig umdrehte, zu sehen, wen sie denn anlächelte, aber da lag nur der Herr Bodenhöfer und den konnte sie ja nicht gut angelächelt haben. Herr Bodenhöfer kam jeden Morgen, um seine Psoriasis zu sonnen, aber das war eine andere Geschichte, gegen Mittag verschwand er dann wieder. So daß ich sie fragte – – ich weiß, es war eine entsetzliche Frage:

»Kennen wir uns nicht?« – – – Wir kannten uns tatsächlich, aber das war sehr lange her, sie sagte später einmal zu mir, ich hätte in diesem Moment wie ein armes Tier ausgesehen, ein Reh im Scheinwerfer. Na ja.

»Kennen wir uns? Sind Sie Buchhändlerin?« Sie aber verstand: Buchhalterin, und fand mich komisch. Denn jetzt stieg sie aus dem Wasser. Wohlgemerkt, bis zur Taille bedeckt hatte ich sie bisher – eine halbe Stunde lang – als ein Wasserwesen geliebt, als ein fernes schlankschwimmendes Element, das man sowieso nicht hätte greifen können. Aber nun sollte sie irdisch werden? Darauf war ich gespannt.

– – –

Sie wurde. O mein Gott, sie wurde ganz und gar irdisch. Die Wasser teilten sich, die Hüften wurden sichtbar, beidseitig gewachsene Schönheiten, die auftauchten. Und noch weiter auftauchten. Ich glaubte es nicht, da gab es unterhalb der ersten ungeheuerlichen Kurvatur noch eine zweite ungeheuerliche, ich hatte so etwas noch nie in Wirklichkeit gesehen, allenfalls in speziellen Fruchtbarkeitsmuseen. Wie sich da im

Doppelschwung die prunkvollsten Hüften herausschwangen. Eine Astarte war das, eine Shakti, eine cyprische Aphrodite!

Ich glaube nicht, daß ich wie ein Reh ausgesehen habe, eher wie ein geblendeter Bock, der nicht glaubt, was er sieht: Urlandschaften, Kulturen, Subkulturen, ganze Kontinente! Ich übertreibe gar nicht, immerhin bin ich Historiker und darf mich auch einmal begeistern. Ich kann sehen, und ich erkenne die archaische Landschaft, wenn ich sie sehe: Gut und Böse, Aufstieg und Niedergang, alle Lüste und Instinkte und das Abenteuer der Menschheit!

Und als sie ganz herausgestiegen war, diese Weibslandschaft, da sagte sie: »Nein.«

Keine Buchhalterin.

Benjamin von Stuckrad-Barre

Sommernächte

An die große Liebe jenseits von Kino, Popsong oder Schundroman zu glauben, diesseits also, hier, in echt, das ist den meisten Menschen zu kitschig; den einen aus Angst, den anderen aus Erfahrung. Trotzdem lesen viele Horoskope, aber das ist ein anderes Thema. Statt abstrakt und utopisch glauben die Menschen lieber handfest – sie wenden sich von der Kirche ab und treten statt dessen einem Fitneßclub oder einer anderen Sekte bei. Da weiß man, was man haben kann. Die Liebe hat kein so gutes Image, denn man kann sie nicht erzwingen, anders als einen Waschbrettbauch oder ein oranges Bettlaken, das man dann Erleuchtung nennen darf. Unbeeindruckt von der Riesennachfrage vergrößert sie keineswegs das Angebot, so arrogant ist die Liebe. Allein das Wetter scheint in der Lage, sie zu beeinflussen. Das ist statistisch bewiesen, und nicht zuletzt deshalb glaubt es jeder gerne: Im Sommer verliebt sich der Mensch häufiger als im Winter. »Liebe ist Wärme«, so heißt ein bislang unveröffentlichtes Stück von, sagen wir, Patti Lindner, und die B-Seite dieses Hits geht folglich so: »Im Winter ist es kalt, also bitte«. Im Winter hat man andere Probleme, rauhe Lippen zum Beispiel, Grippe oder Selbstmordgedanken, und all das verträgt sich mit der Liebe nicht. Natürlich, in Wintersportgebieten mag es anders sein, aber dort trinken die Menschen auch mehr, als der Krankenkasse lieb ist, und auf der Heimfahrt pellt sich die Nase und stapeln sich neue Telefonnummern, es ist also sozusagen Sommer mit Thermojacke und zählt deshalb nicht.

Ob Liebe und Sex identisch sind, dies zu klären sei das Vergnügen um gute Texte verlegener Bums-Magazine, begnügen wir uns hier mit der Feststellung, daß auf jeden Fall ein Zusammenhang existiert. Sex geht am besten mit wenig Kleidung. Liebe etwa auch? In einer Sommernacht bleibt es draußen länger hell, trotzdem sind Winternächte heller, denn man verbringt sie der Kälte wegen ja drinnen. Und da gibt es Licht, denn wir wohnen in Deutschland, und zu viel sehen können ist doof, nämlich realistisch, und die Menschen sorgen sich um Falten oder Hautunreinheiten, statt sich ordentlich zu küssen.

Zyniker und Wissenschaftler behaupten, Liebe sei im wesentlichen eine chemische Reaktion. Das klingt dem Romantiker zu banal, dem Enttäuschten (langfristig also auch dem Romantiker) allerdings behagt diese Interpretation, denn Chemie ist erklär- und berechenbar. Chemische Reaktionen werden durch Wärmezufuhr (= Sommer) forciert, zwei Elemente (♀ und ♂) reagieren schneller und heftiger miteinander (= Sex bzw. Liebe – oder gar: beides!). Und nun wollen wir die Schutzbrille mal wieder absetzen. Es ist Sommer. Man sieht viele halbnackte Menschen, und den meisten geht es besser als im Winter, überall wird gekeucht, und das sind nicht bloß die Allergiker. Auch haben die Menschen mehr Zeit, Urlaub sogar, und wenn schon alle nackt sind und Zeit haben, dann kann man es ja mal versuchen. Jedes Jahr gibt es einen Sommerhit, den jeder pfeift, begünstigt auch durch all die Cabrios; die Menschen sind emotionaler und viel eher als winters bereit, sich zu einigen, warum dann nicht gleich ver-? In Sommernächten wird natürlich auch mehr gelogen als in Winternächten. Aber es wird wenigstens miteinander gesprochen.

Marguerite Duras

Der Zug von Bordeaux

Es war einmal, ich war sechzehn. Ich hatte in diesem Alter noch ein kindliches Aussehen. Es war nach der Rückkehr aus Saigon, nach dem chinesischen Liebhaber, in einem Nachtzug, dem Zug von Bordeaux, um 1930. Ich war mit meiner Familie, meinen beiden Brüdern und meiner Mutter. Es gab, glaube ich, noch zwei, drei weitere Personen im Dritte-Klasse-Wagen mit acht Plätzen, darunter auch einen jungen Mann, der mir gegenüber saß und mich ansah. Er muß dreißig gewesen sein. Es muß Sommer gewesen sein. Ich trug immer diese hellen Kleider der Kolonien und Sandalen an den nackten Füßen. Ich war nicht schläfrig. Der Mann fragte mich über meine Familie aus, und ich erzählte ihm vom Leben in den Kolonien, vom Regen, der Hitze, den Veranden, von den Unterschieden zu Frankreich, den Ausflügen in die Wälder und vom Abitur, das ich in diesem Jahr machen würde, lauter solche Dinge, wie sie zu den üblichen Zuggesprächen gehören, wo man seine eigene Geschichte und die der Familie aufrollt. Und plötzlich stellten wir fest, daß alle schliefen. Meine Mutter und meine Brüder waren schon kurz nach der Abfahrt von Bordeaux eingeschlafen. Ich sprach leise, um sie nicht zu wecken. Hätten sie gehört, daß ich Familiengeschichten erzählte, hätten sie es mir unter Schreien, Drohungen und Gebrüll verboten. Die Tatsache, daß ich mich ganz leise mit dem Mann unterhielt, hatte auch die drei oder vier andern Passagiere im Wagen eingeschläfert. So daß schließlich nur noch der Mann und ich wach waren. Unter diesen Umständen hatte es plötzlich begonnen, exakt im selben Moment, schlagartig mit einem einzigen Blick.

Damals sprach man nicht über diese Dinge, und schon gar nicht in einer solchen Situation. Plötzlich konnten wir nicht mehr weiterreden. Konnten uns auch nicht mehr ansehen, wir waren kraftlos, wie erschlagen. Ich war es, die sagte, wir müßten schlafen, um am nächsten Morgen bei der Ankunft in Paris nicht allzu müde zu sein. Er befand sich in der Nähe der Tür, er löschte das Licht. Zwischen ihm und mir war ein Platz frei. Ich streckte mich auf dem Sitz aus, winkelte die Beine an und schloß die Augen. Ich hörte, daß er die Tür öffnete. Er ging hinaus und kam mit einer Zugdecke zurück, die er über mich ausbreitete. Ich öffnete die Augen, um ihm zuzulächeln und Danke zu sagen. Er sagte: »Nachts stellen sie in den Zügen die Heizung ab und gegen Morgen ist es kalt.« Ich schlief ein. Ich wurde von seiner sanften und warmen Hand geweckt, die ganz langsam meine Beine auseinanderschob und versuchte, höher hinaufzudringen. Ich öffnete ein wenig die Augen. Ich sah, daß er die Leute im Wagen beobachtete, wachsam, er hatte Angst. Mit einer sehr langsamen Bewegung rückte ich näher zu ihm. Lehnte meine Beine an ihn. Gab sie ihm. Er nahm sie. Mit geschlossenen Augen verfolgte ich jede seiner Bewegungen. Zuerst waren sie langsam, dann zunehmend langsamer, beherrscht bis zum Schluß, bis zur Hingabe an die Lust, die ebenso anstrengend war, wie wenn er geschrien hätte.

Einen langen Moment war nur das Geräusch des Zugs zu hören. Er fuhr schneller, und dieses Geräusch wurde ohrenbetäubend. Dann wurde es wieder erträglich. Seine Hand legte sich auf mich. Sie war unsicher, noch warm, sie hatte Angst. Ich nahm sie in meine. Dann ließ ich sie los, ließ ihn machen.

Das Geräusch des Zugs wurde wieder stärker. Die Hand zog sich zurück, einen langen Moment blieb sie fern, ich weiß es nicht mehr, ich mußte in den Schlaf gesunken sein.

Sie kam zurück.

Sie streichelt den ganzen Körper, dann streichelt sie die

Brüste, den Bauch, die Hüften, mit einer Sanftheit, die gelegentlich vom wiederkehrenden Begehren erschüttert wird. Sie hält von Zeit zu Zeit ruckartig inne. Sie ruht auf dem Geschlecht, zitternd, bereit zuzupacken, von neuem heiß. Dann fängt sie wieder an. Sie fügt sich, sie mäßigt sich, sie besänftigt sich, um vom Kind Abschied zu nehmen. Rund um die Hand – das Geräusch des Zugs. Rund um den Zug – die Nacht. Die Stille der Gänge im Zuglärm. Die Halte, die einen aufweckten. Er stieg mitten in der Nacht aus. Als ich in Paris die Augen aufschlug, war sein Platz leer.

Heinrich Heine

Sommernachtständchen

Güldne Sternlein schauen nieder
Mit der Liebe Sehnsuchtwehn.
Bunte Blümlein nicken wieder,
Schauen schmachtend in die Höhn.

Zärtlich blickt der Mond herunter,
Spiegelt sich in Bächleins Fluten,
Und vor Liebe taucht er unter,
Kühlt im Wasser seine Gluten.

Wollustatmend, in der Schwüle,
Schnäbeln weiße Turteltäubchen;
Flimmernd, wie zum Liebesspiele,
Fliegt der Glühwurm nach dem Weibchen.

Lüftlein schauern wundersüße,
Ziehen feiernd durch die Bäume,
Werfen Kuß und Liebesgrüße
Nach den Schatten weicher Träume.

Blümlein hüpfet, Bächlein springet,
Sternlein kommt herabgeschossen; –
Alles wacht und lacht und singet, –
Liebe hat ihr Reich erschlossen.

Ochse, deutscher Jüngling, endlich,
Reite deine Schwänze nach;
Einst bereust du, daß du schändlich
Hast vertrödelt manchen Tag!

Joseph Zoderer

Wein aus Capoliveri

Mich störte es überhaupt nicht, daß das Tischtuch, das der pickelübersäte Kellner mit Grandezza über das Rohrtischchen warf, zwei eingebrannte Löcher, Aschenspuren und mehrere eingetrocknete Spaghettireste aufwies. Ich habe einen Blick für das Wesentliche, und außerdem fieberte ich der Pizza napoletana entgegen, für die ich den ganzen Nachmittag meinen Appetit gespart hatte. Aber sie, mein Gegenüber, ließ schon zum zweitenmal mit schmalzigem Inquisitorenlächeln das Tischtuch wechseln, und als sich auf dem dritten Tuch endlich nur mehr wenige blaßviolette Weinflecken fanden, fehlte noch immer die Pizza.

Vielleicht bemerkte ich darum, daß die oberen Schneidezähne meiner Tischnachbarin sicherlich nicht echt sein konnten und daß ihr fleischiges Kinn viel zu lang war und daß auf ihrer Oberlippe eine Warze saß, deren dünner Haarkranz bei jedem Wort rhythmisch erzitterte. Schilf in der Wüste, dachte ich nüchtern, aber ungerecht.

Doch es wurde trotzdem ein heiterer Abend, als ich endlich mit der heißen Pizza meinen Gaumen verbrannte und den Schmerz mit schwerem Blauwein aus Capoliveri zu lindern begann. Der Cameriere zündete rote Lampen an, das Meer gluckste zwischen den Booten, und den Kai entlang promenierten in lang auseinandergezogenen Zeilen kichernde Mädchen und gurrende Burschen. Meine Tischnachbarin aber dozierte mit beschwörender Stimme, das fleischige Kinn weit vorgeschoben, über Herkunft und die Zusammensetzung einer echten Pizza napoletana, sozusagen vom küchenhistorischen und vom sozio-kulinarischen Standpunkt aus.

Ach, diese Gynäkologin mit ihrer Warze und ihrem zeitlosen Alter! Jetzt schob sie sogar ihren Arm unter den meinen und spazierte mit mir durch das quadrige Festungstor, das unter irgendeinem Medici erbaut worden war, auf die belebte Piazza. Wieviel lieber hätte ich mit einer dieser schäkernden Signorinas ein Gelati Motta genossen! Aber ich war meiner Gynäkologin sympathisch. Das hatte sie mir gleich mit mütterlicher Arglosigkeit gesagt, als uns die Zimmervermieterin miteinander bekannt machte. Von der Stunde an ließ sie mich nicht einmal mehr mit einer Pizza allein, und jetzt nannte sie mich gar schon »Liebling«. »Liebling«, sagte sie, »da liegt etwas.« »Liebling«, hörte ich aber auch mich flüstern, während ich ihr die kleine grüne Melone reichte, die auf dem Kopfsteinpflaster gelegen hatte. Und plötzlich wußte ich, daß ich verrückt nach ihr war.

Es war eine wundervolle Zeit, die ich mit Carna – so nannte sich meine Ärztin – in der Via Colombo im Hause der Signora Frateschi verlebte. Carnas Haut war weich und zart wie die Blätter einer Apfelblüte. Eine kleine niedliche Warze an der Oberlippe verlieh ihrem Mund zwar sibyllische Strenge, aber wenn sie lächelte, ging dieses Lächeln über ihr üppig geschwungenes Kinn wie die Sonne über dem Berge Sinai auf. Ich betete dieses Lächeln an.

Eine kleine unscheinbare grüne Melone hatten wir gefunden. Doch es war keine gewöhnliche Frucht. Wenn Carna und ich unsere Hände um sie schlossen, blieb uns kein Wunsch versagt. Die ganze Welt war nicht größer als ein Wunsch. Auf Thira, in Almaden, auf den Antillen, in Manila und in der Tasman-See saßen wir vor blütenweiß gedeckten Tischen, tranken schweren Wein aus Capoliveri und verzehrten glühheiße Pizza napoletana. Auch ein tibetanisches Kloster besuchten wir, und beim Abschied beschenkte mich ein Bettelmönch mit einer Pizza.

Die ganze Welt war nicht größer als eine Pizza. In der

Gedankenschnelle eines Wunsches sprangen wir von Stern zu Stern, durchstreiften wir Wolkengärten, schliefen auf Nebelschleiern und erwachten im Hause der Signora Frateschi.

In einem solchen Augenblick – ich hatte auf Carnas Wunsch eben meine Zähne geputzt – zerfiel die kleine Melone auf dem Tisch. Ich wollte es Carna sagen, aber Carna war nicht mehr da, und ich stand auch nicht im Zimmer in der Via Colombo. Ich saß an meinem Rohrtischchen am Kai, rote Lampen brannten, das Meer gluckste zwischen den Booten, und die Warze meiner Tischnachbarin erzitterte rhythmisch, als sie das Tischtuch wechseln ließ, über das ich den Rest meines Weines aus Capoliveri geschüttet hatte.

Adalbert Stifter

Sternennacht

Als ich in meinem Zimmer angekommen war, trat ich in der Nacht dieses Tages, der für mich in meinem bisherigen Leben am merkwürdigsten geworden war, an das Fenster und blickte gegen den Himmel. Es stand kein Mond an demselben und keine Wolke, aber in der milden Nacht brannten so viele Sterne, als wäre der Himmel mit ihnen angefüllt und als berührten sie sich gleichsam mit ihren Spitzen. Die Feierlichkeit traf mich erhebender, und die Pracht des Himmels war mir eindringender als sonst, wenn ich sie auch mit großer Aufmerksamkeit betrachtet hatte. Ich mußte mich in der neuen Welt erst zurechtfinden. Ich sah lange mit einem sehr tiefen Gefühle zu dem sternbedeckten Gewölbe hinauf. Mein Gemüt war so ernst, wie es nie in meinem ganzen Leben gewesen war. Es lag ein fernes, unbekanntes Land vor mir. Ich ging zu dem Lichte, das auf meinem Tische brannte, und stellte meinen undurchsichtigen Schirm vor dasselbe, daß seine Helle nur in die hinteren Teile des Zimmers falle und mir den Schein des Sternenhimmels nicht beirre. Dann ging ich wieder zu dem Fenster und blieb vor demselben. Die Zeit verfloß, und die Nachtfeier ging indessen fort. Wie es sonderbar ist, dachte ich, daß in der Zeit, in der die kleinen, wenn auch vieltausendfältigen Schönheiten der Erde verschwinden und sich erst die unermeßliche Schönheit des Weltraums in der fernen, stillen Lichtpracht auftut, der Mensch und die größte Zahl der andern Geschöpfe zum Schlummer bestimmt ist! Rührt es daher, daß wir nur auf kurze Augenblicke und nur in der rätselhaften Zeit der Traumwelt zu jenen Größen hinansehen dürfen, von denen wir eine Ahnung haben und die wir vielleicht einmal immer näher und näher werden schauen dürfen? Sollen wir hienieden nie mehr als eine Ahnung haben? Oder ist es der großen Zahl der Menschen nur darum bloß in kurzen schlummerlosen Augenblicken gestattet, zu dem Sternenhimmel zu schauen, damit die Herrlichkeit desselben uns nicht gewöhnlich werde und die Größe sich nicht dadurch verliere? Aber ich bin ja wiederholt in ganzen Nächten allein gefahren, die Sternbilder haben sich an dem Himmel sachte bewegt, ich habe meine Augen auf sie gerichtet gehalten, sie sind dunkelschwarzen, gestaltlosen Wäldern oder Erdrändern zugesunken, andere sind im Osten aufgestiegen, so hat es fortgedauert, die Stellungen haben sich sanft geändert, und das Leuchten hat fortgelächelt, bis der Himmel von der nahenden Sonne lichter wurde, das Morgenrot im Osten erschien und die Sterne wie ein ausgebranntes Feuerwerksgerüste erloschen waren. Haben da meine vom Nachtwachen brennenden Augen die verschwundene stille Größe nicht für höher erkannt als den klaren Tag, der alles deutlich macht? Wer kann wissen, wie dies ist. Wie wird es jenen Geschöpfen sein, denen nur die Nacht zugewiesen ist, die den Tag nicht kennen? Jenen großen, wunderbaren Blumen ferner Länder, die ihr Auge öffnen, wenn die Sonne untergegangen ist, und die ihr meistens weißes Kleid schlaff und verblüht herabhängen lassen, wenn die Sonne wieder aufgeht? Oder den Tieren, denen die Nacht ihr Tag ist? Es war eine Weihe und eine Verehrung des Unendlichen in mir.

Träumend, ehe ich entschlief, begab ich mich auf mein Lager, nachdem ich vorher das Licht ausgelöscht und die Vorhänge der Fenster absichtlich nicht zugezogen hatte, damit ich die Sterne hereinscheinen sähe.

Klaus Groth

Neues Hoffen

Wenn nächstes Jahr der Kuckuck ruft
Und bin noch auf der Erden
Und liege nicht in kühler Gruft,
So soll es anders werden.

In diesem Sommer wollt's nicht recht
Und fehlt' an allen Dingen –
Das Herz so schwer, das Wetter schlecht,
Es wollte nichts gelingen.

Gott weiß, wohin der Frühling ging!
Als ich mich kaum besonnen
Und wirklich an zu leben fing,
Da war er längst verronnen.

Nun hoff ich auf das nächste Jahr
– Wenn ich noch hier auf Erden, –
Das Wie ist mir noch dunkel zwar,
Doch anders soll es werden.

Johannes Schlaf

Sonne! Sonne!

Sonne! Sonne!

Die ganze Welt ist trunken von Sonne.

Weit die Hänge hinunter, hinauf und wieder hinunter; in die Länge und Breite und Tiefe. Weit! Weit!

Und oben: mächtig, mächtig der lerchenschmetternde Himmel mit dem großen, gleißenden Sonnenauge.

Sonne! Sonne!

Die Morgenluft wühlt in werdenden und verebbenden und wieder neuen silbrigen Wellen über die weitgedehnten Felder hin. Und jeder Gedanke ertrinkt mir in diesem goldigen, weitleuchtenden Lichtmeer.

Aber über die Arme und den Körper rieselt es mir, heiß, belebend wie elektrische Ströme, und meine Brust hebt sich, und freier rühren sich die Füße. Und hinein in den sonnigen, frischen, gesunden Morgen; in die Luft, in die Sonne!

Weiter, immer, immer weiter!

Und meine Augen weiten sich, und meine Nüstern dehnen sich und schnaufen die Luft ein, und mir ist, als wollt ich mit jeder Fiber das alles in mich aufnehmen, die ganze lichte, singende, weite, herrliche Welt!

Und ich stammle wunderliche, wahnseelige Worte vor mich hin, die ich nicht höre. Es ist nur, als flute etwas aus meiner Seele heraus, hinaus wie überströmendes Leben, überwallende Kraft.

Und alles liegt unter mir, weit unten in der Sonne. Die hohen Talbäume so klein, mit krausem, zitterndem Laub, und die Pflüger, wie Schnecken langsam die sattbraunen Feldbänder hinkriechend, und die kleinen Dächer und der Fluß.

Nur hoch, hoch da oben, ewig über mir, das jubelnde, golddurchblitzte Blau; weißleuchtendes Gefieder drin, dort und dort.

Und ich möchte aufschreien vor unbändiger Lust und quälender Ungeduld, und ich recke die Arme und verliere mich in Kraft und Leben.

Bis ich taumlig werde von alledem, bis es mir über die Kräfte geht und ich hinsinke in das krause Weggras, und mein trunkenes Auge sich sammelt und beruhigt an den stillen, roten, nickenden Wegnelken und dem gelben Steinklee und dem violetten Thymian, den bunten Schmetterlingen und den leise, leise summenden Hummeln.

Wie betäubt lieg ich und starre vor mich hin in das kurze Gras und wage nicht, seitwärts zu blicken (…)

⋆

Und ich atme auf, tief, einmal, wieder und wieder.

Ich stammle vor mir hin, alte, vertraute Laute. Und die fügen sich zu rhythmischem Tonfall, wie die Luft weht und stoßweise mir in die Ohren knattert, gleich flatterndem Seidenband; wie die Grashalme sich biegen und beugen, hin und her, hin und her; wie die Lerchen trillern in bestimmtem Rhythmus, der wiederkehrt und wiederkehrt, leiser, lauter, ferner, näher; wie der unaufhörliche Feldgesang der Insekten; wie die weiten Felder den Hang hinab fluten und fluten; immer, unersättlich in demselben Rhythmus.

Und erstaunt lausch ich mir selbst.

Ich glaubte, ich könnte das nicht mehr.

Und wie ich lausche, ist es dieselbe alte, ewige Melodie. Immer dieselbe, unersättlich dieselbe. Fragend, sehnend, wild, beruhigt, angstvoll und glückgesättigt.

Die alte Weise. Das alte Lied.

In Ewigkeit wohl wird es gesungen werden …

Und so lieg ich und liege, in der Sonne, im Grün. Über mir die blaue Unendlichkeit, und unter und vor mir die weite, grüne, jubelnde Welt. Und die Gedanken schweifen, bis mich ein Grauen faßt, ein wonniges und drückendes Grauen, daß ich mit ihnen so allein bin, so allein hier oben in der stillen, rätselhaft raunenden Einsamkeit …

Und hinunter wieder, taumelnd, träumend, mit wankendem Fuß in die talfriedliche Enge der Menschen …

Klabund

Nie wieder wird ein Sommer sein wie dieser

Nie wieder wird ein Sommer sein wie dieser,
Den wir gemeinsam Hand in Hand durchschritten.
Kein leises Leid und keinen Streit erlitten
Wir im Genuß des Glückes. Immer süßer

Erweckte uns der Tag noch ganz inmitten
Der Lust der Nacht. Als heitre Liebesbüßer
Bestiegen wir den Berg, des Frührots Grüßer,
Und sind wie Vögel durch die Luft geglitten.

Nie schien so jung der graue Greis von siebzig,
Nie haben junge Herzen so gebebt,
Nie hat die Sonne so in Glanz zerstiebt sich,

Nie sind so Kinder durch den Tag geschwebt,
Nie haben je die Menschen so geliebt sich,
Nie ward das liebe Leben so gelebt.

Anhang

Nachwort

Blauer Himmel, warmer Wind – am Besten vom Meer her über einen wunderbar feinen Sandstrand. Die Vorstellungen, die wir vom Sommer haben, sind unterschiedlich, aber Strand und barfuß gehört für die Meisten auf jeden Fall dazu. Es sei denn, es zieht einen in die Berge, zur Sommerfrische an den Königssee, zum Trecking nach Island, zum Meditieren nach Nepal oder zum Camping in den Odenwald. Die Welt ist groß und die Welt ist schön. Und Schönheit ist überall.

Es gibt viele Wege in den Sommer. Aber obwohl sie in ganz unterschiedliche Richtungen gehen, haben sie doch eine auffallende Gemeinsamkeit: sie führen uns immer zu einem Naturerlebnis. Es scheint, als ob wir im Sommer jede Gelegenheit nutzen, um den Elementen näher zu sein; Wasser, Luft, Erde und natürlich ganz wichtig: die Sonne. Ein Sandstrand am Meer vereinigt sie auf nahezu ideale Weise. So gesehen wollen wir nicht auf Teufel komm raus braun werden, wenn wir uns wider alle Vernunft der Sonne aussetzen. Wir versuchen vielmehr nachzuholen, was uns im Rest des Jahres fehlt: die Nähe zur Natur.

Das Sommerleben spielt sich draußen ab. Wann immer es möglich ist, verlassen wir geschlossene Räume, um uns in Gärten, Parks und Schwimmbädern aufzuhalten, leicht bekleidet, gut gelaunt und übermütig, wie Schmetterlinge aus einer Verpuppung aufgetaucht, wie Schwalben aus dem Exil zurück und endlich wieder zu Hause.

Es spricht alles dafür: Der Mensch ist ein Sommerwesen. Nicht umsonst liegen seine Ursprünge in Afrika und selbst wenn unsere Vorfahren Adam und Eva hießen: auch im Paradies herrschte Sommer – wenn auch Spätsommer, denn die Äpfel waren ja schon reif. Unsere körperliche Beschaffenheit ist dementsprechend: wir fühlen uns am wohlsten bei Temperaturen zwischen 20 und 30 Grad – bei Sommertemperaturen also. Hier sind wir sozusagen zu Hause und können uns ohne zivilisatorischen Ballast im Freien aufhalten. Wir können nicht nur; wir müssen geradezu. Es zieht uns einfach nach draußen. Voller Vorfreude packen wir Strandtaschen und Rucksäcke, pumpen Fahrräder auf, und spätestens wenn wir in einem Park angekommen sind, auf einer Wiese, in einem Wald, spätestens dann stellt sich dieses Gefühl ein, das Sommer heißt.

Der Sommer ist ein Gefühl; wie alle Gefühle lässt es sich schwer beschreiben. Es ist verschwistert mit der Lebensfreude, hat einen breiten Strom der Sympathie für alles, was lebt, und findet eine große Lust daran, sich ob der Schönheit der Welt das Herz aufgehen zu lassen. Es setzt sich aus tausend verschiedenen Dingen zusammen, aus Augenblicken, Düften, Geräuschen, kleinen Bildern, die ganz große Sehnsüchte in uns wecken: Schwalben hoch am blauen Abendhimmel, Schmetterlinge im Blumengarten, der Duft einer tags zuvor gemähten Wiese, eine Grille in einer warmen Nacht – es ist Sommer!

Auf eine unmittelbare Weise rühren uns diese Dinge. Sie sprechen etwas in uns an, das sich enorm gut anfühlt: unsere Sommerseele, den Teil von uns, der die Erinnerung an den glücklichen Zustand aufbewahrt, in dem wir mit dem Leben der Natur noch vertraut waren. Es ist dieses Gefühl aus unseren arkadischen Kindertagen, dem nahezu alle der hier versammelten Autorinnen und Autoren auf der Spur sind: all die Sommerfreunde von Heinrich Heine bis Ernst Augustin, all die Naturliebhaber von Johann Wolfgang Goethe bis Wilhelm Genazino, all die Bergsteiger, Ausflügler und Reisenden.

Sie suchen nach den Augenblicken, in denen der Sommer alles gibt: seine Poesie, seine Geschichten, seine Abenteuer und seine Lebenslust. Der Sommer ist voll davon – sowohl seine Tage als auch seine Nächte, bei schönem wie bei sogenanntem schlechtem Wetter. Nein, es gibt kein schlechtes Wetter; es gibt nur alle paar Jahre mal einen verregneten Sommer, der einem so richtig die Laune vermiesen kann. Aber davon ist hier nicht die Rede. Warum auch? Wo doch der Sommer so viele schöne Seiten hat. Einige der schönsten lassen sich mit diesem Buch heraufbeschwören und mit ihnen all die Sommergefühle, die wir so sehr lieben. Man muss es nur aufblättern und lesen, und egal wo man anfängt, man wird den Sommer finden.

Günter Stolzenberger

Quellennachweis

Ernst Augustin
Der Blitzschlag (Auszug) 151
München im schweren Sommer (Auszug) 95
In: Die Schule der Nackten. © 2003 Verlag C.H. Beck, München

Günter Bergsohn
Sommerzeit im Barfußland 100
Originalbeitrag. © 2012 Günter Stolzenberger, Frankfurt am Main

Otto Julius Bierbaum
Lerne zu reisen, ohne zu rasen (Auszug) 63
In: Eine empfindsame Reise mit dem Automobil. Berlin 1903

Bertolt Brecht
Die Ferien 78
Juni 37
In: Werke. Große kommentierte Berliner und Frankfurter Ausgabe. Band 13. Gedichte 3. © 1993 Bertolt-Brecht-Erben/Suhrkamp Verlag

Heinrich Breloer/Frank Schauhoff
Me gusta mucho (Auszug) 109
In: Mallorca ein Jahr. Ein Inselroman. © 1995, 2008 by Verlag Kiepenheuer & Witsch GmbH & Co. KG, Köln

Wolfgang Brenner
Germersheimers Geranien 80
In: Die schlimmsten Dinge passieren immer am Morgen. © 2004 Deutscher Taschenbuch Verlag, München

Marguerite Duras
Der Zug von Bordeaux 157
In: Das tägliche Leben. Marguerite Duras im Gespräch mit Jérôme Beaujour. Aus dem Französischen von Ilma Rakusa. © P.O.L. éditeur, 1987. © der deutschen Übersetzung: Suhrkamp Verlag, Frankfurt am Main 1988

Joseph von Eichendorff
Sehnsucht 55
In: Schläft ein Lied in allen Dingen. Hrsg. von Joseph Kiermeier-Debre. München 2007

Norbert Elias
Wir wolln die Uhren begraben 107
In: Gesammelte Schriften. Band 18: Gedichte und Sprüche. S. 21. Suhrkamp Verlag. © 2004 Norbert Elias Stichting, Amsterdam

Fred Endrikat
Stadtflucht 41
In: Das große Endrikat-Buch. © Blanvalet Verlag, München, in der Verlagsgruppe Random House GmbH

Ludwig Fels
Fluchtweg 54
In: Der Anfang der Vergangenheit. Gedichte. Piper Verlag, München und Zürich 1984. © Ludwig Fels

Theodor Fontane
Behaglich in der Sonne liegen (Auszug) 12
In: Werke, Schriften und Briefe. Abteilung I. Siebenter Band: Sämtliche Romane, Erzählungen, Gedichte, Nachgelassenes. Hrsg. von Walter Keitel u.a. München, Wien 1984
Richmond (Auszug) 42
In: Werke, Schriften und Briefe. Abteilung III. Erinnerungen. Ausgewählte Schriften und Kritiken. Dritter Band: Reiseberichte und Tagebücher. Erster Teilband. Hrsg. von Walter Keitel u.a. München 1975
Wohin? (Auszug) 79
In: Werke, Schriften und Briefe. Abteilung I. Siebenter Band: Sämtliche Romane, Erzählungen, Gedichte, Nachgelassenes. Hrsg. von Walter Keitel u.a. München 1984

Günter Bruno Fuchs
Märchen vom Leuchtkäfer 23
In: Das Lesebuch des Günter Bruno Fuchs. © 1970 Carl Hanser Verlag, München

Wilhelm Genazino
Auf einem heißen Stein 102
In: Die Obdachlosigkeit der Fische. © 2007 Carl Hanser Verlag, München

Paul Gerhard
Geh aus mein Herz und suche Freud 33
In: Dichtungen und Schriften. Hrsg. von Eberhard von Cranach-Sichart. München 1957

Robert Gernhardt
Marleens Sommer 103
In: Gesammelte Gedichte 1954-2006. © 2005
S. Fischer Verlag GmbH, Frankfurt am Main

Johann Wolfgang Goethe
Glückliche Tage (Auszug) 35
In: Die Leiden des jungen Werthers. Hrsg. von Joseph
Kiermeier-Debre. München 1997

Oskar Maria Graf
Alles zu seiner Zeit 117
In: Werkausgabe Band XI/4. Hrsg. von Wilfried
Schoeller. Erzählungen aus dem Exil. Gesammelte
Erzählungen: Band 2. © 1994 List Verlag in der Ull-
stein Buchverlage GmbH, Berlin

Klaus Groth
Neues Hoffen 166
In: Sämtliche Werke. V. Band. Hundert Blätter. Hrsg.
von Ivo Braak und Richard Mehlem. Flensburg und
Hamburg 1960

Axel Hacke
Warum ich das Grillen hasse 29
In: Das Beste aus meinem Leben. © 2006 Verlag Antje
Kunstmann GmbH, München

Heinrich Heine
Auf die Berge will ich steigen (Auszug aus *Prolog*) 115
Sommernachtständchen 160
In: Sämtliche Schriften. Hrsg. von Klaus Briegleb.
München 1997

Paul Heyse
Mittagsruhe 146
In: Werke. Band 1. Frankfurt am Main 1980

Friedrich Hölderlin
Und eile mir nicht zu schnell
(Auszug aus *Des Morgens*) 7
In: Sämtliche Werke. Band 1: Gedichte bis 1800. Hrsg. von Friedrich Beißner. Stuttgart 1953

Hugo von Hofmannsthal
Die Fülle des Sommers (Auszug) 38
In: Gesammelte Werke in zehn Einzelbänden: Erzählungen. Erfundene Gespräche und Briefe. Reisen. Hrsg. von Bernd Schoeller. Frankfurt am Main 1979

Franz Hohler
Eine waldreiche Geschichte 46
In: Ein eigenartiger Tag. Hermann Luchterhand Verlag, Darmstadt und Neuwied 1979. © Franz Hohler

Erich Kästner
Im Auto über Land 48
In: Doktor Erich Kästners Lyrische Hausapotheke. © Atrium Verlag, Zürich 1936, und Thomas Kästner

Marie Luise Kaschnitz
Vom Strand wo wir liegen 114
In: Gesammelte Werke. Bd. 5: Gedichte. Hrsg. von Christian Büttrich und Norbert Miller. 1985 Insel Verlag, Frankfurt am Main. © Claassen Verlag in der Ullstein Buchverlage GmbH, Berlin

Sarah Kirsch
Wechselbalg 28
In: Sämtliche Gedichte. © 2005 Deutsche Verlags-Anstalt, München, in der Verlagsgruppe Random House GmbH

Wulf Kirsten
Gebirge 136
In: Erdlebenbilder. Gedichte aus 50 Jahren 1954–2004. © Ammann Verlag & Co., Zürich 2004. Alle Rechte vorbehalten S. Fischer Verlag GmbH, Frankfurt am Main

Klabund
Nie wieder wird ein Sommer sein wie dieser 170
In: Das Leben lebt. Gedichte. Hrsg. von Joseph Kiermeier-Debre. München 2003

Horst Krüger
Meine Mainschleife 50
In: Poetische Erdkunde. Reise-Erzählungen. © 1978 by Hoffmann und Campe Verlag, Hamburg

Günter Kunert
Unterwegs mit M. 62
In: Warnung vor Spiegeln. © 1970 Carl Hanser Verlag, München

Halldór Laxness
Asa 143
In: Ein Spiegelbild im Wasser. Erzählungen. Aus dem Isländischen von Hubert Seelow. © 2001 Steidl Verlag, Göttingen

Hermann Lenz
Radfahrt 45
In: Zeitlebens. Gedichte 1934-1980. Franz Schneekluth Verlag, München 1981. © Hermann Lenz. Alle Rechte vorbehalten durch Suhrkamp Verlag, Berlin

Reinhard Lettau
Einladung zu Sommergewittern 24
In: Schwierigkeiten beim Häuserbauen. © 1962 Carl Hanser Verlag, München

Detlev von Liliencron
Einen Sommer lang 150
In: Sämtliche Werke. Neunter Band. Gesammelte Gedichte. Berlin und Leipzig, ohne Jahr

Hermann Lingg
Edelweiß 127
In: Gedichte. Zweiter Band. Stuttgart 1869

Thomas Mann
Vier Wochen Ferien (Auszug) 9
In: Buddenbrooks. © 1901 S. Fischer Verlag, Berlin. Alle Rechte vorbehalten S. Fischer Verlag, Frankfurt am Main
Wo wäre es besser? (Auszug) 105
In: Der Tod in Venedig. In: Gesammelte Werke in dreizehn Bänden. Band VIII. Erzählungen. © 1960, 1974 S. Fischer Verlag GmbH, Frankfurt am Main

Klaus Modick
Das geht ja gut los (Auszug) 57
In: Ins Blaue. Rowohlt Verlag, Reinbek bei Hamburg 1987. © Klaus Modick

Christian Morgenstern
Bergbäche 132
In: Werke und Briefe. Band II. Lyrik 1906-1914. Hrsg. von Martin Kießig. Stuttgart 1992
Schwalben 16
In: Werke und Briefe. Stuttgarter Ausgabe. Band I. Lyrik 1887-1905. Hrsg. von Martin Kießig. Stuttgart 1988

Friedrich Nietzsche
Offen liegt das Meer
(Auszug aus: *Nach neuen Meeren*) 87
In: Die fröhliche Wissenschaft. München, ohne Jahr

Rainer Maria Rilke
Erlebnis (Auszug) 147
In: Sämtliche Werke. Werkausgabe. Band 11. Frankfurt am Main 1955
O wie fühlt dich ein treibender Feigenbaum
(Auszug aus: *Lied vom Meer*) 141
In: Dies alles von mir. Hrsg. von Franz-Heinrich Hackel. München 2000

Joachim Ringelnatz
Sommerfrische 13
In: Gedichte dreier Jahre. Berlin 1932

Peter Rosegger
Nacht (Auszug) 137
In: Gesammelte Werke. Zwanzigster Band: Waldheimat. Erzählungen aus der Jugendzeit. Leipzig 1914

Johannes Schlaf
Sonne! Sonne! (Auszug) 167
In: In Dingsda. Leipzig 1917

Julian Schutting
Hochsommerwiesen (Auszug) 14
Jausenstation Aschinger (Auszug) 133
In: Wasserfarben. © 1991 Residenz Verlag im Niederösterreichischen Pressehaus Druck- u. Verlagsgesellschaft mbH, St. Pölten–Salzburg–Wien

Ludwig Steub
Auf der Alm 123
In: Sommer in Oberbayern. München 1947

Adalbert Stifter
Sternennacht (Auszug) 164
In: Gesammelte Werke. Sechster Band: Der Nachsommer II. Hrsg. von Dietmar Grieser. München 1982

Theodor Storm
Wenn die Äpfel reif sind 17
In: Sämtliche Werke in vier Bänden. Band I. Gedichte, Novellen 1848-1867. Hrsg. von Dieter Lohmeier. Frankfurt am Main 1987

Benjamin von Stuckrad-Barre
Sommernächte 155
In: Remix. Texte 1996-1999. © 1999, 2004 by Verlag Kiepenheuer & Witsch GmbH & Co. KG, Köln

James Thurber
Osten, Süden, Norden, Westen –
zu Hause ist's am besten 71
In: Was ist daran so komisch? Gesammelte Erzählungen. Deutsche Übersetzung von H.M. Ledig-Rowohlt u.a. © 1971 by Rowohlt Verlag GmbH, Reinbek bei Hamburg

Uwe Timm
Ausgebüchst (Auszug) 89
In: Heißer Sommer. ©1985 by Verlag Kiepenheuer & Witsch GmbH & Co. KG, Köln

Kurt Tucholsky
Luftveränderung 64
In: Gesammelte Werke in 10 Bänden. Band 3. 1921–1924. Hrsg. von Mary Gerold-Tucholsky und Fritz J. Raddatz. Reinbek bei Hamburg 1975

Mark Twain
Wie man einen Fremdenführer fertig macht (Auszug) 65
In: Die Arglosen im Ausland. Deutsch von Ana Maria Brock. Hrsg. von Norbert Kohl. © Aufbau Verlag GmbH & Co. KG, Berlin 1961 (diese Übersetzung erschien erstmals 1961 im Aufbau Verlag; Aufbau ist eine Marke der Aufbau Verlag GmbH & Co. KG)

Joseph von Westphalen
Der Berg ruft (Auszug) 128
In: Die Geschäfte der Liebe. © 1995 Deutscher Taschenbuch Verlag, München

Joseph Zoderer
Wein aus Capoliveri 161
In: Die Ponys im zweiten Stock. Erzählungen. © 1994 Edition Raetia, Bozen

Für Liebhaber der Poesie – Geschenkbücher

Goethe & Schiller
Die Balladen
Hg. v. Josef Kiermeier-Debre
ISBN 978-3-423-**13512**-2

Hermann Hesse
Taumelbunte Welt
Gedichte
Hg. v. Christoph Bartscherer
ISBN 978-3-423-**13675**-4

Mascha Kaléko
Mein Lied geht weiter
Hg. v. Gisela Zoch-Westphal
ISBN 978-3-423-**13563**-4

Klabund
Das Leben lebt
Hg. v. Josef Kiermeier-Debre
ISBN 978-3-423-**20641**-9

Rainer Maria Rilke
Dies Alles von mir
Hg. v. Franz-Heinrich Hackel
ISBN 978-3-423-**12837**-7

Joachim Ringelnatz
Zupf dir ein Wölkchen
Gedichte
Hg. v. Günter Stolzenberger
Hardcover-Ausgabe
ISBN 978-3-423-**13822**-2

Zu den Sternen fliegen
Gedichte der Romantik
Hg. v. Rüdiger Görner
ISBN 978-3-423-**13660**-0

Eugen Roth
Alles halb so schlimm!
Hg. v. Christine Reinhardt
ISBN 978-3-423-**13944**-1

Mir geht's schon besser, Herr Professer!
Hg. v. Christine Reinhardt
ISBN 978-3-423-**13895**-6

Friedrich Schiller
Und das Schöne blüht nur im Gesang
Gedichte
Hg. v. Josef Kiermeier-Debre
ISBN 978-3-423-**13270**-1

Im Reich der Poesie
50 Gedichte
englisch-deutsch
Hg. und übers. v. H.-D. Gelfert
ISBN 978-3-423-**13687**-7

Wonneschauernaschpralinen
Erotische Gedichte
Hg. v. Günter Stolzenberger
ISBN 978-3-423-**13887**-1

Musikgedichte
Hg. v. Mathias Mayer
ISBN 978-3-423-**13943**-4

Wieder alles weich und weiß
Gedichte vom Schnee
Hg. v. Michael Frey und Andreas Wirthensohn
Illus. v. Rotraut Susanne Berner
ISBN 978-3-423-**13926**-7

Für Liebhaber der Poesie – Geschenkbücher

Gedichte für einen Sonnentag
Hg. v. Mathias Mayer
ISBN 978-3-423-20705-8

Gedichte für einen Regentag
Hg. v. Mathias Mayer
ISBN 978-3-423-20563-4

Gedichte für eine Mondnacht
Hg. v. Mathias Mayer
ISBN 978-3-423-20859-8

Der Garten der Poesie
Gedichte
Hardcover-Neuausgabe
Hg. v. Anton G. Leitner und
Gabriele Trinckler
ISBN 978-3-423-13860-4

Ein Nilpferd schlummerte im Sand
Gedichte für Tierfreunde
Hg. v. Anton G. Leitner und
Gabriele Trinckler
ISBN 978-3-423-13754-6

Gedichte für Nachtmenschen
Hg. v. Anton G. Leitner und
Gabriele Trinckler
ISBN 978-3-423-13726-3

Gedichte für einen Herbsttag
Hg. v. Gudrun Bull
ISBN 978-3-423-14139-0

Gedichte für einen Wintertag
Hg. v. Gudrun Bull
ISBN 978-3-423-13604-4

Schaurig schöne Balladen
Hg. v. Walter Hansen
Illustr. v. Franz Graf von Pocci
ISBN 978-3-423-13841-3

Bitte einsteigen!
Die schönsten Eisenbahn-
Gedichte
Hg. v. Wolfgang Minaty
Mit Illustr. v. Reinhard Michl
ISBN 978-3-423-13922-9

Gedichte für Zeitgenossen
Lyrik aus 50 Jahren
Hg. v. Anton G. Leitner
ISBN 978-3-423-14006-5

Prost & Mahlzeit
Gastronomische Gedichte
Hg. v. Michael Frey und
Andreas Wirthensohn
ISBN 978-3-423-14090-4

Gedichte für Bergfreunde
Hg. v. Alexander Kluy
ISBN 978-3-423-14091-1

Haiku
hier und heute
Hg. u. m. einem Nachwort von
Rainer Stolz und Udo Wenzel
ISBN 978-3-423-14102-4

Wird's besser?
Wird's schlimmer?
Gebrauchstexte für (fast)
jeden Anlass
Hg. v. Renate Reichstein
ISBN 978-3-423-14050-8

Bitte besuchen Sie uns im Internet: www.dtv.de

Klassische Anthologien in dtv-Originalausgaben

Deutsche Lyrik vom Barock bis zur Gegenwart
Hg. v. Gerhard Hay und Sibylle von Steinsdorff
ISBN 978-3-423-**12397**-6

Michel de Montaigne
Von der Kunst, das Leben zu lieben
Hg. u. übers. v. Hans Stilett
ISBN 978-3-423-**13618**-1

Indische Märchen und Götterlegenden
Hg. v. Ulf Diederichs
ISBN 978-3-423-**13506**-1

Märchen von Töchtern
Hg. v. G. Lehmann-Scherf
Illustr. v. Reinhard Michl
ISBN 978-3-423-**13932**-8

Märchen von Söhnen
Hg. v. G. Lehmann-Scherf
Illustr. v. Reinhard Michl
ISBN 978-3-423-**13933**-5

Melancholie oder Vom Glück, unglücklich zu sein
Ein Lesebuch
Hg. v. Peter Sillem
ISBN 978-3-423-**13012**-7

Die Kunst des Wanderns
Ein literarisches Lesebuch
Hg. v. Alexander Knecht und Günter Stolzenberger
ISBN 978-3-423-**13867**-3

Ich fahr' so gerne Rad …
Geschichten vom Glück auf zwei Rädern
Hg. v. Hans-Erhard Lessing
ISBN 978-3-423-**14088**-1

Tausendundeine Nacht
Nach der ältesten arabischen Handschrift in der Ausgabe von Muhsin Mahdi ins Deutsche übertragen von Claudia Ott
ISBN 978-3-423-**13526**-9

Klassische Anthologien in dtv-Originalausgaben

Nicht nur zur Osterzeit
Ein Frühlings-Lesebuch
Hg. v. Gudrun Bull
ISBN 978-3-423-**20885**-7

Das große Buch der Volkslieder
Hg. v. Walter Hansen
Illustr. v. Ludwig Richter
ISBN 978-3-423-**13934**-2

Das Frühlings-Lesebuch
Hg. v. Günter Stolzenberger
ISBN 978-3-423-**14089**-8

Das Sommer-Lesebuch
Hg. v. Günter Stolzenberger
ISBN 978-3-423-**14119**-2

Das Herbst-Lesebuch
Hg. v. Günter Stolzenberger
ISBN 978-3-423-**14141**-3

Kaum berührt, zerfällt die Mauer der Nacht
28 japanische Lyrikerinnen des 20. Jahrhunderts
Hg. und übers. von Annelotte Piper
ISBN 978-3-423-**14059**-1

Übers Meer in die Ferne
Ein Lesebuch
Hg. v. Gregor Gumpert und Ewald Tucai
ISBN 978-3-423-**14123**-9